El juicio del doctor Johnson
Comedia en tres actos
G. K. Chesterton

El juicio del doctor Johnson
Comedia en tres actos
G. K. Chesterton

Traducción de Miguel Martínez-Lage

sextopiso

Todos los derechos reservados.
Ninguna parte de esta publicación puede ser reproducida, transmitida o
almacenada de manera alguna sin el permiso previo del editor.

TÍTULO ORIGINAL
The Judgment of Dr. Johnson

Primera edición en español: 2009

Traducción y prólogo
MIGUEL MARTÍNEZ-LAGE

Copyright © EDITORIAL SEXTO PISO, S.A. DE C.V., 2008
San Miguel #36
Colonia Barrio San Lucas
Coyoacán, 04030
México D.F., México.

SEXTO PISO ESPAÑA, S. L.
c/ Monte Esquinza 13, 4.º Dcha.
28010, Madrid, España.

www.sextopiso.com

Diseño
ESTUDIO JOAQUÍN GALLEGO

ISBN: 978-84-96867-46-8
Depósito Legal: M-14963-2009

Impreso en España

ÍNDICE

Nota del autor   9

Acto primero   13

Acto segundo   35

Acto tercero   77

NOTA DEL AUTOR

Conviene notar que las fechas y los detalles de esta historia son dudosos, difíciles de fijar o de hallarles un lugar en la Historia. Conviene asimismo notar que los auténticos comentarios del doctor Johnson aparecen esparcidos en el texto entre parodias de sus dichos sin duda muy inferiores a sus comentarios, aunque los primeros aparecen en circunstancias harto distintas de las que registra su biógrafo. Esto se puede explicar suponiendo que Boswell guardó tan celosamente el secreto del señor y la señora Swift que realmente traspuso algunas joyas johnsonianas a otro emplazamiento. Aparte de ésta, la única explicación adicional que se me ocurre es que esto no es más que una ficción, inventada por alguien que deseaba dar con una trama para una obra teatral.

G. K. C.
[Nota a la primera edición,
Londres, Sheed & Ward, 1927.]

PERSONAJES

Ian MacLean
Moira (su esposa)
El señor John Swallow Swift
Mary (su esposa)
Grant de Inverballoch
James Boswell de Auchinleck
Doctor Johnson
Capitán Draper
John Wilkes
Marquesa de Montmarat
Señor Edmund Burke
Crockford
Frank el Negro
Un criado
Dos granaderos

# ACTO PRIMERO

Escena. Un agreste panorama en la costa de las Hébridas. Hay un peñasco que destaca, con otro más pequeño al pie, formando una especie de trono natural. Asoma un fino pespunte de álamos plateados o de otros árboles igual de livianos, y hay ramas y brotes podados de los árboles que se amontonan y aparecen esparcidos en primer plano. En la orilla del mar, de costado, un gran puchero de hierro. Se oye una gaita a lo lejos, y se va acercando: Ian MacLean *entra tocando la gaita. Tras una o dos vueltas toma asiento en el trono de roca y deja la gaita a su lado en el suelo.*

Ian. Éstas son las variaciones que tocó mi padre a modo de lamento fúnebre por sus enemigos igual que por sus compañeros cuando amaneció el día de la gran batalla; fue también su propio canto fúnebre, puesto que murió en el páramo de Culloden.

Entra Moira, *su esposa.*

Moira. Creí que estarías recogiendo leña para prender el fuego.
Ian. Ya recogeré luego la leña. Eso no afecta en nada las variaciones de mi padre, que es de rigor tocar ahora, pues fue el primer gaitero del clan de los MacLean, y

no en vano me dijo que tocara esa melodía siempre, hasta que por fin regresara el príncipe.

Moira. Creo que hay otras palabras de tu padre que se te olvidan. Nos dijo que diéramos siempre alimento y calor de hogar al forastero. Y hay dos forasteros que vienen en barco a esta isla y provienen de alta mar; son un hombre y su joven esposa. No sé quiénes puedan ser, pues hablan a la usanza de los sajones, pero no de la misma forma que los que vienen de las llanuras.

Ian. No importa quiénes sean. Hemos de darles lecho y alimentos y calor de hogar sin preguntarles jamás cómo se llaman. Cuando llegan forasteros, es deber del hombre bueno festejar su llegada. Si dijeran sus nombres, sin duda podría ser deber del hombre bueno matarlos.

Moira. ¿Y cómo vamos a festejarlos si no prendes el fuego y calientas el puchero?

Ian. Había un hombre del clan de los MacIan que vivía en un torreón aislado en el cabo de Glencoe, y un caminante fue a visitarlo una noche en que la tormenta arreciaba en los montes (Moira *da un pisotón con impaciencia*), y MacIan le dio lo último que le quedaba de pan y le dio el mejor de su vinos y lo vio partir desde lo alto del torreón cuando marchó antes que se hiciera de día. Y del hombre del torreón se apoderó un gran anhelo por saber quién era el forastero, incluso cuando ya se había alejado. (Moira *comienza a recoger ramas y a apilarlas para prender una fogata.*) Por eso le formuló la pregunta a gritos, y el viento le devolvió el nombre de los Campbell de Glenlyon. El hombre del torreón tomó entonces el mosquete y disparó desde lejos contra el hombre. Hecho esto, se dijo: «Él ha muerto una vez, pero yo merezco morir dos», y se acuchilló dos veces con la daga y cayó muerto al pie de su torreón. Y según cayó y chocó dos veces en tierra, clamó: «Esto es por haber festejado a un Campbell, y esto otro por haber asesinado a un huésped.»

Moira *(cortante.)* Ahí tienes lista la leña para el fuego. Ahora, pon el puchero, pues ese pobre hombre y su joven esposa deben de llegar con frío si vienen de alta mar. Imposible saber de dónde han llegado, pues el barco no venía ni de Escocia ni de Irlanda, sino derecho desde el Oeste, desde la alta mar.

Ian. Entonces será que vienen de la isla de San Barandán, que está más allá de donde el sol se pone, pues san Barandán navegó...

Moira. ¿Vas a poner el puchero al fuego, sí o no?

Ian. Eh, que el puchero no tiene alas. No se irá volando, como le pasó al puchero de Duncan Macnab porque encolerizó a las brujas. (Moira *agarra el puchero de hierro por las asas y comienza a arrastrarlo por la orilla.*) Tres veces puso el puchero en un sitio distinto y tres veces lo vio volar por los aires con los pájaros y las nubes de la mañana porque...

Entra el señor John Swallow Swift, *de Virginia, seguido por* Mary, *su esposa. Son un matrimonio joven; el hombre es grandullón, pero aniñado de movimientos, y mira con ojos ansiosos, pero un tanto distraídos. Viste con sencillez a la manera de un caballero de la época, con el cabello sujeto a la nuca, pero sin empolvar; lleva una espada de paseo al cinto y un baúl de viaje. Entra su esposa, alisándose el cabello y el vestido tras el viaje por mar; es una dama con esa clase de belleza que suele acompañar a un mentón poderoso. El hombre entra en escena con paso impetuoso, pero nada más ver a los otros dos retrocede hasta donde está su esposa y señala a los otros con excitación a duras penas contenida.*

SWIFT. Mira, amor mío. De eso es de lo que hablaba yo exactamente en el barco.

MARY *(sonriendo.)* Caramba, John: pero si en el barco has hablado de muchísimas cosas. Y tampoco me extrañaría que una vez desembarcado hables de otras tantas.

SWIFT. Me refiero a la barbarie y la civilización. Ahí tienes una imagen perfecta del estado primitivo, que también llaman salvaje. El hombre habla a sus anchas mientras la mujer se ve forzada a realizar todos los trabajos serviles. He visto esa misma estampa entre nuestros pieles rojas de la otra orilla.

MOIRA *(que se acaba de poner en pie y escruta el horizonte en el mar. Se vuelve a* IAN.*)* Hemos de ir ahora los dos, sea como sea. Hay otro barco que llega de Escocia, tendrán necesidad de ti. *(Se marcha, e* IAN, *poniéndose en pie, la sigue más despacio.)*

SWIFT *(continúa.)* Recuerdo haber visto esa misma escena entre los de la tribu de los ojibway, cuando nuestro Gobierno me envió a sellar el tratado de paz entre ellos y los choctaw. Es el signo inconfundible de un estado de barbarie, donde quiera que se vea.

MARY. No creo yo que debieras llamar bárbaros a estas amables personas. No cabe duda de que han sido muy hospitalarios con nosotros. ¿Lo ves? Han preparado un fuego y ya tienen el puchero listo. No falta más que prenderlo, y hay yesca y pedernal en ese bolso, basta con que me lo abras. Nunca he sido capaz de manipular ese cierre.

Swift. Nunca he dicho yo que no sean hospitalarios. Dije sólo que eran bárbaros. ¿Sabes con cuánta frecuencia he reparado en todo lo que es singular en el bello y adorable sexo, siendo tú la más bella y adorable de las que pertenecen a dicho sexo?

Mary *(haciéndole una graciosa reverencia.)* Gracias, pero abre el bolso, John, y prepararé un poco de té. ¿Sabes que he traído té auténtico en el bolso? Deduzco que seré la primera que prepare el té en esta isla.

Swift. Quiero decir que cuando una mujer oye una verdad que se proclama como parte de una ciencia, siempre imagina que debe tener la intención de elogiar o de culpar a alguien. Dije que estas personas eran bárbaras; no he dicho que no tengan encanto. He conocido a algunos choctaws que tenían verdadero encanto. No he dicho que no tengan sus virtudes. Pero sí niego que la consideración del ocio de las damas sea una de sus virtudes. *(Camina de un lado a otro de la escena, hablando, y por fin se sienta en el trono de roca;* Mary *sigue peleando con el cierre del bolso.)* La verdad es que es fácil llamarse a engaño en lo tocante al signo cierto y a la definición de la barbarie. Casi cualquier otra prueba resultará curiosamente contradictoria y confusa. Hay hombres que van por la vida en pelota picada y que hablan con el refinamiento retórico de Cicerón. Hay hombres que no saben labrar la tierra, ni cocinar, y que recitan poemas épicos a la manera de Homero. (Mary *consigue abrir el bolso, encuentra la yesca, se pone a prender el fuego.)* En cuanto a la hospitalidad, no hay hombres más puntillosa y cortésmente hospitalarios que los caníbales. Tengo entendido que a un huésped siempre se le invita a un banquete de Estado, aun cuando en algún momento vaya a descubrir que el quinto plato que va a degustar es un íntimo amigo suyo. No, la verdad es que la prueba verdadera e invariable es la del trabajo de las mujeres, a la que ya me referí. Siempre que veamos que el trabajo manual se impone al sexo débil, mientras el hombre se entretiene como le venga en gana, he ahí el rudo, original estado salvaje del hombre, el estado anterior al albor de la razón.

Mary. Sí, supongo.

Swift. A fin de cuentas, tampoco es tan raro que la vida en su estado más rudo sea la que aún persista en un paraje como éste. Tengo más que nunca la sensación de que no debería haberte traído hasta aquí. Era el lugar mejor de los posibles de cara a mis intenciones, de cara al encargo que aquí me trae. Si hubiera llegado por barco a cualquiera de los puertos al uso, la gente habría empezado a hacer preguntas; en cambio, al tocar tierra aquí tengo la certeza de que podré llegar a Edimburgo primero y luego a Inglaterra sin que el Gobierno tenga noticia de lo que me traigo entre manos. A pesar de todo, ¿qué será lo que me convenció para dejarte venir con un asunto tan peligroso entre manos? ¿Ha existido alguna vez un hombre que se llevase a su esposa en una misión tan delicada como la mía?

Mary. No llevaste tú a tu esposa. Es ella la que ha venido. Ella ha tomado la decisión de venir contigo pase lo que pase. Mi querido John, soy tan americana como tú, y una mujer americana por lo común se sale con la suya siempre que lo desea.

Swift. Y el hombre americano, ¿con qué se sale, si es que se sale con algo?

Mary. También él se sale con la suya. *(Comienza a depositar el juego de té en la playa.)* Salvo alguna que otra vez, cuando es demasiado elocuente *(pone la tetera en el suelo)* y demasiado maravilloso *(deja en el suelo la caja en la que lleva el té)* y demasiado racional y convincente, y entonces olvida que su deber es salirse con lo que quiere ella.

Swift *(de pronto sobresaltado.)* Oh, disculpa, es que yo...

Mary. ¡Oh, John! *(estalla en una risa cristalina.)* ¡Eres un bárbaro! ¡Eres un choctaw! Mejor dicho, ¿eres un choctaw o eres un ojibway?

Swift. Soy un bobo, eso seguro, y no sólo en una menudencia como ésta, sino también en una cosa de mayor enjundia. En serio te lo digo, amor: no sé si te has dado cuenta, como me he dado cuenta yo hace tan sólo muy poco, de lo horrible que es esta situación. No hay palabras a la altura de una lealtad como la tuya. Un hombre resuelto a cumplir esta misión por su país nunca debería haberlo hecho en compañía de su esposa. Más bien pienso que no debería estar casado.

Mary. Bueno, pues eso ya no tiene remedio. Donde quiera que vayas tú, voy yo, y se acabó la discusión.

Swift. Cuando se empezó a hablar del alzamiento, me presté yo voluntario y me alisté. ¿Tú me seguirías al campo de batalla?

Mary. Lo más probable es que lo intentase.

Swift. Bien, pues esto es aún peor. Originalmente se me quiso enviar para ver el desarrollo de los acontecimientos en Inglaterra, para ver qué oportunidades se daban para la propaganda revolucionaria. Pero cuando ha comenzado la lucha es otro nombre el que se da a una misión como ésta. Y el nombre es muy feo. *(Con repentina violencia.)* Supón que presenciaras cómo me ajustician en la horca por espía.

Mary. En tal caso sabría que logré seguirte al campo de batalla.

Swift. Esto es una locura fenomenal.

Mary. No, mi querido John. Esto es sentido común y suma sensatez. Creo que soy bastante más práctica que tú, sobre todo a la hora de preparar el té. Dices que ningún hombre que haya tenido que llevar a cabo esta clase de misión fue nunca con su esposa. Por esa misma razón, nadie sospechará jamás qué nos traemos entre manos, y menos que se trata de esa clase de misión. Por otra parte, ¿de qué trata la misión? Tomar contacto con la buena sociedad, agasajar a los huéspedes, conocer a todo el que sea preciso conocer, averiguar poco a poco qué es lo que piensan de la Revolución. ¿Pretendes decirme de veras que no te irán mejor las cosas si pasas por ser un caballero respetable que tiene una esposa de trato agradable? ¿Crees que te vas a reunir con tus compañeros los conspiradores en una cueva? Mi intención es montar un salón en mi casa.

Entra IAN.

IAN. Hay otros tres caballeros que han desembarcado en la isla, y uno de ellos tiene las trazas y el hablar de los ingleses.

MARY. Oh, qué grato. Aquí hay té de sobra para ellos. ¿Quiere usted tomar una taza?

IAN (*prueba el té y hace una mueca de desagrado.*) Se lo agradezco. ¿Querrá usted a cambio probar nuestro *usquebaugh*, señora? (*Descuelga del hombro un cuerno de los que usan para beber y se lo tiende a* MARY.)

MARY (*lo prueba y hace una mueca de desagrado.*) Gracias. Aquí vienen sus tres amigos.

Entran GRANT DE INVERBALLOCH, JAMES BOSWELL DE AU-CHINLECK *y el* DOCTOR JOHNSON.

JOHNSON. Pues no, señor mío. No me parece a mí que posea una sublime desolación. Percibo la desolación, pero no lo sublime.

GRANT. Mucho me temo que eso se debe a sus prejuicios en contra de esta tierra que es nuestra patria, doctor Johnson. Vamos, señor. Sé que es usted adalid de la gran causa de la religión. ¿Se le ha pasado por la cabeza, doctor Johnson, la suposición de que a fin de cuentas Dios hizo Escocia?

JOHNSON. Señor mío, debe usted tener presente que la hizo, pero para los escoceses. (*Mira en derredor.*) Las comparaciones son odiosas, pero Dios también hizo el infierno.

BOSWELL. El infierno no puede ser desolado en el sentido de que esté desierto, y diríase que en este momento cuenta con habitantes propios de la Tierra, e incluso del cielo. Diría yo que ahí tenemos a una encantadora señora que no sé qué hace exactamente con un puchero. *(Se acerca a donde está* Mary *y le dedica una reverencia.)* Señora, tengo la confianza de que viajeros que se encuentran en un paraje tan extraordinario y agreste puedan saludarse sin demasiada ceremonia.

Mary. Por mi parte, encantada. ¿Quieren sus amigos tomar el té?

Boswell *(volviéndose a* Johnson, *que en parte le ha seguido.)* Pregunta la dama, señor, si desea usted tomar el té.

Johnson *(con una reverencia.)* Señora, entre otras dolencias que son propias de la edad, me incomoda una sordera de consideración, y tengo dificultades para fiarme del oído cuando el oído me dice, en un paraje desierto y tan inhóspito como éste, que se me ofrece algo por igual increíble y embriagador.

Mary. Oh, no es ni mucho menos embriagador. No es más que un té. Pruébelo, se lo ruego.

Johnson *(toma la taza y bebe.)* Gran dificultad tendré en lo sucesivo cuando haya de rechazar esas leyendas que hablan de las hadas, y de su ocasional beneficencia con los simples mortales, que tan corrientemente se repiten por estos montes. Señora, si no es usted una reina de las hadas, debería usted quedar como la diosa de estas islas, a ser posible apoyada a la manera clásica en una urna que rebose bendiciones para el género humano.

Mary. Caramba, gran cumplido es ése, además de su esplendidez, a cambio de una simple taza de té.

Johnson. Le aseguro, señora, que no sería yo contrario a tomar otra. *(Toma otra y aún ha de beber muchas más en intervalos sucesivos, a lo largo de la amistosa conversación que se entabla.)* Pero no podría yo aspirar a que ningún cumplido, siendo tan sólo verbal, fuera adecuada recompensa por su bondad. No sé yo qué podría encontrar para usted en Bolt Court si hubiera de resultar tan insólito y reparador como un té en las Hébridas. Sin embargo, si alguna vez tuviera el privilegio de encontrarme con usted más cerca de los lugares en los que por costumbre habito, haré cuanto pueda por devolverle el favor.

Mary. Es encantador por su parte. *(A Swift, sonriendo.)* Éste es el primer salón que monto y va a ser todo un éxito.

Grant. Extraño lugar para montar uno, aunque debo asegurarle que no es tan incivilizado como pueda parecer. Aquí tenemos nuestras artes sencillas, como son las pastoriles. Debo convencer a nuestro Corydón, mi buen amigo Ian MacLean, de que le toque a usted la gaita para transportarla a la Arcadia. Grandes gaiteros son los MacLean. Sabrá usted que se destacaron mucho en la lucha a favor de nuestro joven pretendiente.

Johnson. Señor, tengo noticia de que se significaron en la lucha por el joven príncipe.

Grant. Vaya, no sabía yo que fuera usted tan jacobita, doctor Johnson. ¿Quién habría supuesto que se le podría encontrar a usted en defensa de una rebelión?

Johnson. Señor mío, eso de una rebelión es un término muy relativo, y más en el caso de ellos. No reconocieron la autoridad del rey Jorge.

Swift *(ansioso.)* ¿Y piensa usted que como no reconocieron la autoridad del rey Jorge moralmente iba sobrados de justificación para luchar contra él?

Johnson. Pues sí, señor: justificación moral claro que tuvieron, pero no por ello obraron con sabiduría política. Por esa razón son muchas las personas que están de acuerdo con ellos, aun sin pensar que sea forzoso imitar lo que hicieron. Incluso en Inglaterra la mayoría del pueblo querría de largo ver restablecido al linaje legítimo en el trono. Pero nadie arriesgaría el cuello por ello. Es posible que ni siquiera arriesgara nadie un penique por una cosa así. En cambio, de ser posible llevar a cabo una votación mañana mismo votaban por deponer al rey Jorge.

Swift. ¿Y está usted de acuerdo, señor, en que una votación en contra del rey Jorge resolvería la cuestión?

Johnson. Señor mío: rara vez decide nada la apatía, y debo decirle que la nación inglesa es muy apática sobre toda esta cuestión. Podría sin embargo darse el caso de que haya un punto de sagacidad en su indiferencia. Poca repercusión tiene para el individuo cuáles sean las formas de las reglas acogido a las cuales vive. Sospecho que un comerciante podría llevar a cabo su actividad sin saber si quien manda es el dogo de Venecia o el duque de Saboya. Deseoso estoy de perdonar a mis compatriotas si no piensan que la restauración de su legítimo rey bien vale la pena del horror y la devastación que consigo traería la guerra civil. *(Con más acaloramiento.)* De todos modos, señor, hay una cosa que jamás haré. No llamaré a los hombres rebeldes por haber sido leales cuando fuimos nosotros indiferentes. No afectaré que desprecio a los hombres porque se atrevieron a hacer aquello que sólo vemos con buenos ojos. Si he de tolerar yo una autoridad tiránica y usurpada, no he de calumniar en cambio a los mejores, a los que honestidad tuvieron para tacharlo de intolerable. Estos pobres lugareños de las Tierras Altas no fueron menos héroes porque el tirano triunfara y sojuzgara y sometiera al pueblo derrotado a una carnicería abominable. Y jamás paso yo por delante de Temple Bar sin el deseo vehemente de descubrirme ante las cabezas que se pudren en las picas de allá arriba.

GRANT. En tal caso, señor, si es usted un jacobita tan romántico como se deduce, debe usted sin excusa oír el gran *pibroch* de los MacLean con todas sus variaciones, las mismas que sonaron en Culloden. Iré en busca de Ian MacLean para que se las interprete como sólo él sabe.

SWIFT *(con emoción visible.)* Me interesa profundamente, señor, la apología que hace usted de los rebeldes y su pasmosa denuncia de la tiranía en que incurre el rey Jorge. Espero que me contemple con indulgencia si le confieso que me he sentido llevado a opiniones parecidas a las suyas, aunque nunca las he expresado con tanta contundencia.

MARY. John, yo que tú andaría con cuidado. A este caballero tal vez no le interesen tus posturas políticas.

SWIFT. Pues ha expresado con suma lucidez los cimientos mismos de mis posturas. Me refiero al derecho de un pueblo a alzarse en contra de una autoridad que no reconoce como tal, al carácter intolerable de la tiranía y muy en especial a las venganzas legítimas que se pueden tomar contra dicha tiranía, además de referirme a la gran verdad de que todo Gobierno que mediante votación se pudiera derrocar es por sí mismo una usurpación.

Mary. Tanto él como tú pecáis ahora de emplear palabras muy grandes, si bien tú incurres en un error.

Swift. Señor, soy miembro de otro pueblo oprimido que vive al occidente de las Tierras Altas más occidentales. También nosotros padecemos las mismas maldades por parte de la misma dinastía. También estamos resueltos a arriesgar cuanto pueda sobrevenirnos por la furia del rey Jorge. También nosotros preferimos la muerte, e incluso la derrota, antes que seguir sufriendo nuestra suerte.

Johnson *(frunce el ceño con aire de reflexión.)* Señor mío, si proviene usted de Irlanda, como parece natural suponer, podré perdonarle la pasión que pone en sus palabras. Su pueblo padece un injustísimo sistema, la opresión de la inmensa mayoría por parte de una minoría muy reducida. Nada de cuanto hizo pasar Nerón a los primeros cristianos fue peor de lo que ha hecho pasar Inglaterra a Irlanda. Ahora empezamos a acumular en contra de nosotros un juicio severísimo, que ni siquiera nuestros descendientes más remotos llegarán a ver terminar.

Swift. Señor, mi pueblo habita mucho más al oeste de Irlanda.

Boswell *(con un repentino sobresalto.)* ¡Dios del amor!

Swift. Mucho más al oeste habita mi pueblo. Pero tengo casi la total certeza de que un intelecto como el suyo no se dejará afectar por la lejanía geográfica, por ser elemento que no le llevará a renunciar a sus principios en materia de política. En nombre de los grandes principios que ha expresado usted, como son el derecho de la mayoría a prevalecer sobre la minoría, y el derecho a la rebeldía en contra de toda tiranía que no reconoce una votación popular, apelo a usted en mi condición de representante del pueblo de Virginia…

Johnson *(en un estallido de ira.)* ¿Y cómo es eso, señor mío? ¿Qué pretende decirme usted? ¿Qué sentido tiene esto que me cuenta? ¿Se trata de una broma? ¿Imagina usted que me ha jugado una mala pasada? ¿Supone usted acaso, señor, que está a su alcance tenderme una celada? ¿Ha tenido usted la temeridad, señor, de calcular que podría implicarme a mí en nada que ni de lejos pueda pasar por contradicción?

Mary. Tómese otra taza de té.

Swift. Me he limitado a aplicar sus excelentes argumentos a…

Johnson. Usted los aplica a una caterva de malandrines que se prevalen de los negros y que ni siquiera se dan cuenta de cuándo están todo lo bien que se puede estar. Solicita usted mis simpatías por el ultraje gratuito de una rebelión…

Swift. Lo cual es un término sólo relativo.

Johnson. Contrario a la justa autoridad del monarca…

Swift. Que sería destronado si votasen sus súbditos.

Johnson *(repentinamente rígido, con parsimonia.)* Señor mío, quien peca de impaciencia para interrumpir las palabras de otro, rara vez tendrá paciencia para elegir bien las suyas. ¿A qué equivale todo esto, señor mío? Las colonias se han declarado en rebeldía.

Swift. No, señor: los Estados Unidos están en guerra.

Johnson. Señor, tales estados no existen. Pero pronto estarán unidos allí donde deben estarlo, esto es, bajo la bandera británica y bajo la Constitución de Gran Bretaña.

Swift. Ni mucho menos: en lo que a eso se refiere, le garantizo que tendremos bandera propia. Aquí mismo la tengo, aunque aún no se haya adoptado oficialmente. ¿Dónde está la bandera? *(Rebusca en el interior del bolso.)*

Mary... Oh, olvida la bandera. La he puesto entre los pañuelos de colores.

Swift *saca el trapo tachonado de barras y estrellas y lo ostenta ante el* doctor Johnson.

Johnson. Señor, bien puedo creer que no se haya adoptado oficialmente. Yo le aconsejaría que la mantuviera en secreto, junto con el resto de su conspiración.

Swift *(con creciente entusiasmo.)* ¡Las barras y estrellas...!

Johnson. ¡Estrellas! Desde luego, señor mío, las estrellas parecen lo más adecuado para los conspiradores.

Swift. ¿Qué insinúa?

Johnson. Lo digo porque las estrellas sólo salen de noche.

Swift *(en un lírico frenesí.)* Éstas son los luceros del alba. Las oirá usted cantar a todas al unísono, y oirá a los Hijos de Dios exclamar de júbilo.

Johnson. Señor mío, si opta por refugiarse en una intentona de blasfemar...

Swift. No blasfemo yo. Todos los hombres son hijos de Dios, y Dios los ha creado libres e iguales entre sí. Escribiremos esa verdad en letras imperecederas, que los hombres no leerán erróneamente ni tampoco olvidarán. No dejaremos que esa verdad se enzarce en tradiciones feudales, en pergaminos ilegibles y papeles de leguleyos. Me habla usted de la Constitución británica, ¿y qué es la Constitución británica? Un rey les incordia por ser papista y se traen ustedes a un holandés. Ahí tiene usted la Constitución británica. Un rey sólo sabe hablar en alemán y se inventan ustedes a un nuevo primer ministro: ésa es la Constitución británica. Nosotros dispondremos de nuestras propias leyes, y serán de una lucidez más digna del intelecto humano. Tendremos nuestra libertad en blanco y negro.

Johnson. Sí, señor. Así es como durante mucho tiempo tendrán ustedes y sus tratantes de negros, esos malandrines, la libertad que tanto ansían. En blanco y negro.

Swift. Yo tengo la esperanza de que se llegue a la abolición de la esclavitud en las colonias leales y en las nuestras. En cambio, deduzco que su solución sería que los negros y los blancos fueran esclavos todos.

Johnson *(con voz tonante.)* Sí, señor. Cuando los blancos no sean más sensatos que los negros. No sé a cuántos de sus enloquecidos colonos puede usted representar…

Mary *(poniéndose en pie.)* Representa al menos a uno. Me parece que es usted un anciano caballero rematadamente descortés, y que si su rey Jorge viene por acá y le parten la cabeza, no habrá mucho cerebro que recoger.

Johnson *(furibundo.)* En cuanto a usted, señora… *(Calla.)* No, señora: hace usted bien en ir de la mano de su esposo. Si él va a un baile de máscaras disfrazado de mono, hace bien en ir usted de la mano de su esposo. Si termina en una casa de orates diciendo que es el emperador de la China, hace bien en ir usted de la mano de su esposo. Adórnese usted el cabello con unas briznas de paja y confiemos que le sienten bien.

Swift. Parece usted defender las opiniones de la Edad Oscura en muchos asuntos, señor. No entiende usted a la mujer americana si cree que está hecha a la medida del papel de la paciente Griselda.

Johnson *(volviéndose hacia él.)* Señor mío, la paciente Griselda puede ser modelo muy razonable para su señora esposa o para cualquier mujer. Sabemos que cumplió su deber en muchas pruebas arduas y costosas, la más ardua y costosa de las cuales fue estar casada con un botarate.

Les da la espalda y echa a caminar hacia la entrada contraria, en donde se encuentra con Grant, *que vuelve a entrar en escena.*

Grant. Es preciso que no se marche aún, doctor Johnson. Ian MacLean ya viene con la gaita.

Se oye la música de la gaita e Ian *atraviesa la escena tocando con furia.*

Grant. El genuino estilo de los gaiteros del clan MacLean. Es algo único. Marchan y recorren grandes distancias y vuelven sobre sus pasos con el efecto de que la música ascienda y mengüe como por ensalmo.

Me parece que es una delicia oír esa extraña música, sentirla henchirse, cobrar conmovedores tintes de marcha, alejarse y diluirse luego.

Johnson. Estoy de acuerdo, señor, en que es agradable oírla alejarse.

Grant. Eso podría tener dos sentidos, me temo, pero le aseguro que los gaiteros tienen verdadero arte, un arte muy complejo. Los hombres estudian la gaita durante toda una vida; es muy difícil dominarla.

Boswell. Desde luego, ciertamente difícil.

Johnson. Ojalá fuera imposible.

Grant. ¿Por qué? ¿Qué ha sido de su entusiasmo jacobita, señor? Éste es el mismo *pibroch* a cuyos sones murieron los leales hombres de los clanes en Culloden.

Johnson. No me extraña que muriesen. *(Se vuelve de pronto y habla a gritos con* Swift.*)* Como se comparan ustedes con los lugareños de las Tierras Altas, permítame recomendarle gaiteros para el ejército americano. Le resultarán apropiados. No precisan de nada, con el viento les basta.

Sale Johnson *hecho una furia, seguido por* Boswell *y* Grant.

Swift *(colérico.)* ¡Será momia el vejestorio…! ¡Será mentecato! Tengo yo la intención…

Mary *(deteniéndole.)* ¡John, por favor! No vayas a hacer escenas en mi salón.

Swift. Dame la bandera. Me gustaría estrangularlo con ella. Me gustaría que ondease en el árbol más alto de la isla.

Mary. Hay momentos en los que dudo que estés hecho para ser un agente secreto.
Swift. Eso no importa en un agujero de mala muerte como éste. Y él no es más que un viejo maestro de escuela. No lo volveremos a ver. *(Sale precipitadamente.)*
Mary. Yo tengo la sensación de que sí lo veremos.

Entra Moira. *Las dos mujeres recogen los aparejos del té y rastrillan la fogata para apagarla.*

Mary. Tiene usted hijos, a lo que se ve. O alguien me ha dicho que tiene hijos.
Moira. Tengo dos hijos y una hija.
Mary. Me encantaría conocerlos. Desde que vine a este paraje, desde que me dijeron que era un lugar agreste y solitario, he pensado que sería deleitoso ver jugar a los niños por ahí.
Moira. Sí, yo he nacido en esta isla. De niña jugaba en el bosque y chapoteaba en el mar. Y era un bello lugar. (Ian *vuelve a cruzar la escena tocando la gaita vigorosamente.)* Pero cuando crecen las mozas han de ocuparse de otras cosas.
Mary. ¿Y cuando crecen los mozos?
Moira. Los mozos nunca crecen.

El trapo tachonado de barras y estrellas asoma tras los árboles y ondea al viento.

ACTO SEGUNDO

Escena. Los salones de la casa en que residen el señor y la señora Swift *en Londres. Las paredes están forradas en su mayor parte de estanterías llenas de libros, que se amontonan junto con los papeles en la mesa. En primer plano hay una mesa más pequeña; a un lado de la sala, un sofá. Hay al fondo una puerta que conduce a otra estancia, y al lado una hornacina en la pared con un banco.* Swift *está sentado en la mesa grande, leyendo, con un batín floreado de la época;* Mary Swift *va vestida de gala para una recepción, y se mueve con aparente inquietud por toda la sala.*

Mary. John, es preciso que vayas a ponerte la casaca. Los invitados están por llegar.

Swift. Muy bien, querida, muy bien. *(Sigue leyendo.)* Y digo yo… ¿dónde estará el otro volumen de este libro?

Mary. ¿Te refieres al que te prestó la señora francesa? Lo dejé en su sitio. *(Se dirige a la estantería.)*

Swift. En fin, no tiene importancia, querida. La verdad es que no tiene importancia. Ya lo encontraré cuando lo necesite. Siéntate; debes de estar cansada.

Mary. Estoy un poco cansada.

Swift. Pues entonces siéntate, por favor. Acomódate en el sofá.

Mary. Muy bien. *(Va a la estantería y le lleva el libro.)*

Swift. Gracias, gracias, pero la verdad es que no era mi intención… Ojalá, querida, pudieras descansar un rato en el sofá.

Mary. El sofá está lleno de libros. *(Comienza a recogerlos y a colocarlos en los estantes.)*

Swift *(con cierta exasperación.)* ¿Se puede saber por qué te empeñas en recoger los libros? Dijiste que estabas cansada.

Mary. Estoy cansada de verlos tirados por todas partes.

Swift. No entiendo muy bien qué quieres decir cuando dices que estás cansada de ver ciertas cosas.

Mary. Estoy muy cansada de ver ese batín que llevas, cuando resulta que vamos a recibir visita en cuestión de minutos. Deduzco que el libro de esa señora francesa debe de ser interesantísimo.

Swift. Es muy interesante. Es de una de las nuevas filósofas de Francia, la marquesa de Montmarat. Por cierto que más vale que recordemos el nombre, porque forma parte de nuestra historia.

Mary. Descuida, que yo no lo olvidaré.

Swift. Es que de veras es importante que estemos relacionados con los libros y el pueblo de Francia, no en vano se supone que de Francia procedemos. Para ahorrarnos complicaciones, reconocí que los dos hemos nacido en América, pero dije que a mí me llevaron a Francia a muy tierna edad, y que allí fui educado. Y dije que a ti te encontré en un colegio conventual de Bélgica.

Mary. Descuida, que me sé bien mi historia. Bastaría para que mi pobre madre, allá en Nueva Inglaterra, se revolviera en su tumba si se enterase de que he estado interna en un colegio conventual.

SWIFT. Bueno, es que no habría sido acertado ir al extremo de decir que me he escapado con una monja. Pero a nuestros amigos liberales les gusta pensar que románticamente te he rescatado del ambiente del convento de clausura. Sin embargo, lo principal es que hemos pasado casi toda la vida en el continente europeo, y que hemos cruzado el canal de la Mancha hace muy poco, como la propia marquesa. Eso nos libra de toda posible relación con la Revolución de nuestra nación, y al mismo tiempo nos permite expresar opiniones tolerablemente revolucionarias en abstracto, como también hace la marquesa.

MARY. Y ésa es la razón de que leas con tanto ahínco el libro de la marquesa.

SWIFT. Es que es un libro muy interesante, y la marquesa es una mujer muy interesante. Con las opiniones sobre el Estado hace tiempo que estoy de acuerdo, pero algunas de las opiniones que expresa sobre la familia me son novedosas, y debo confesar que me sobresaltan al tiempo que me asombran. Sin embargo, lo principal es que nuestros amigos franceses nos ayudan a pulir nuestra autobiografía francesa, y que así la verdadera historia tiene menos posibilidades de salir a la luz. Así borramos todas las huellas de los dos chalados que desembarcaron en las Hébridas.

Alguien llama a la puerta.

Mary. Ya te dije que iban a llegar antes de que te diera tiempo de vestirte.

Un criado *(entra.)* El capitán Draper.

Entra el capitán Draper, *un hombre bastante envarado, seco, vestido con atildamiento, que hace una ceremoniosa reverencia.*

Draper. Señora, su humilde servidor. Señor Swift, a su disposición. Me incomoda, señora, molestarle tan temprano, sobre todo porque me reservo el placer de visitarla a una hora más avanzada. Me he aventurado a venir cuando pasaba por aquí cerca sólo para pedirle un favor. Me dirijo a los aposentos de un amigo, el señor Boswell de Auchinleck, y mucho le agradecería que me permitiera traerlo conmigo, suponiendo que no tenga otra cosa que hacer. Es un caballero muy sociable, y es posible que haya recibido él amigos suyos en sus aposentos.

Swift. Desde luego, capitán Draper; que venga si quiere, y que vengan también sus amigos si así lo desean.

Draper *hace una reverencia y atraviesa la sala en dirección a un mapa colgado en la pared.*

Draper. Mucho se lo agradezco, señor. El señor Boswell es un caballero escocés de muy buena familia. *(Permanece mirando el mapa.)* Y, cosa que tal vez sea aún más valiosa en un visitante, resulta que mantiene una estrecha relación con los mayores ingenios y sabios de Inglaterra, así como la tiene con los de

Escocia. *(Se vuelve bruscamente.)* ¿Ha estado usted alguna vez en Escocia, señor Swift?

SWIFT. ¿Yo? No. Creo que ya le dije que he venido recientemente de París, que es donde he recibido mi educación.

DRAPER. Sí, recuerdo que me lo dijo. En fin. El propio señor Boswell ha viajado mucho por Escocia, llegando incluso a los parajes más remotos de las Tierras Altas, en donde hay gentes muy curiosas de conocer. Pero no debo interrumpirles ahora. Tendré sumo gusto de presentarles mis respetos más tarde. *(Con una reverencia, se marcha.)*

MARY. John, ese hombre me da miedo. Algo sospecha.

SWIFT *(que ha reanudado la lectura.)* ¿Cómo? ¿Draper? ¿Por qué iba a sospechar?

MARY. ¿Por qué ha querido preguntarte si has estado en Escocia?

SWIFT. Por puro accidente. ¿No estaba mirando Escocia en el mapa?

MARY. No. Estaba mirando Virginia.

SWIFT *(alegre.)* Ah. Yo a menudo hablo de Virginia. Aquí se puede decir casi cualquier cosa, con tal de hablar en términos generales, a propósito de las colonias. El señor Burke se ha mostrado abiertamente partidario de las colonias. El señor Wilkes aún va más allá, aunque sólo cuando habla en privado.

MARY. La conversación del señor Wilkes al menos es entretenida, pero eso nada tiene que ver con el peligro que representa el señor Draper. *(Alguien llama a la puerta otra vez.)* John, ya viene alguien, y tú tienes que ir a vestirte cuanto antes.

Swift. Oh, de acuerdo. *(Entra en la habitación del interior, con el libro en la mano y sin dejar de leer.)*
Criado. El señor Wilkes.

Entra John Wilkes, *un hombre impecable, vestido en todo a la moda del momento, con el cabello empolvado, peluca de rulos, una espada; tiene un rostro desagradable, pero que denota inteligencia, y bizquea.*

Wilkes. Señora, soy su más humilde servidor. La fórmula en este caso obedece a la máxima sinceridad, aunque a muchos les resulte más fácil creer que soy servicial, y no que soy humilde. Su esposo, según veo, sigue ocupado con la literatura.
Mary. Tanto, que no hay sitio donde pueda dejar usted el sombrero. Tendría que haber despejado toda esa literatura.
Wilkes. Permita que la ayude. *(Comienza a clasificar los libros.)* Éstos, por la encuadernación, deben ir en el estante de arriba.
Mary. Bien se ve que es usted un hombre ordenado en sus costumbres.
Wilkes. Yo brillo en las virtudes menores, señora; con las mayores nunca me las he sabido ingeniar. Invierto todas las cualidades del héroe y del santo en mi aseo personal.
Mary. Hoy desde luego se le ve muy atildado en su atuendo.
Wilkes. Señora, me he vestido como corresponde a la recepción que usted ofrece.
Mary. También es atildado en sus cumplidos. ¿Es ésa una de sus virtudes?

Wilkes. Un hombre con mi fealdad bien hace si va bien vestido. Así la dama podrá hallar alivio momentáneo mirándole las medias, o bien, si prende su mirada con firmeza del chaleco, se ahorra el riesgo de reparar por inadvertencia en su rostro.

Mary *(riendo.)* Eso es muy magnánimo por su parte.

Wilkes. Algunos de nuestros amigos los liberales son propensos a tolerar el divorcio por exceso en la bebida o por crueldad. Hay una razón mucho mayor para divorciarse de una mujer si los zapatos le rechinan, o de un hombre si resulta que se muerde las uñas o lleva el sombrero en un ángulo irritante. Éstas, señora, son las cosas que destruyen la felicidad. Nunca se me ha presentado al doctor Johnson, pero lo he visto en lugares públicos con un desarreglo inquietante en el vestir, y las grandes damas le escuchan siempre con los ojos brillantes, como si escuchasen cada una de las sílabas que dice. Y siempre he sabido que estaban ellas enfermas y al borde del desmayo con tal de sorprender a ese sabio venerable, sujetarlo por el pescuezo y enderezarle la corbata.

Mary. Así que obra usted por motivos del todo abnegados.

Wilkes. También le voy a confesar uno más egoísta. Señora, yo soy un aventurero, y me enorgullezco de serlo, pues para mí la vida es pura aventura. No se puede usted hacer una idea del irónico placer que se siente al ir vestido como un caballero entre gente que se niega a considerarlo a uno como si lo fuera. Es algo que reviste la emoción de un perpetuo desafío. Así es la vida: estar solo, ser uno contra el mundo, depender sólo del propio ingenio, del valor propio, y saber siempre qué se ha de hacer.

Mary *(tras una pausa.)* ¿Y usa usted su ingenio sólo en beneficio de usted?

Wilkes. ¿Me permite usted, mi querida señora, responder a la pregunta que no me formula? Hay algunas personas a las que sería un verdadero privilegio ayudar. Cuando entré en esta sala me sorprendió intuir que está usted en un aprieto.

Mary. Vaya. Estoy en un aprieto o quizá temo estarlo, pero es fundamental que nada le diga a usted sobre ese respecto.

Wilkes. No hace falta que lo diga. Lo sé.

Mary. ¿Qué quiere decir?

Wilkes. Nunca es cortés arrebatar a una mujer la palabra de la boca, pero creo que a veces puede ser caballeroso. Seré yo quien hable y usted no tendrá que decir nada. Desde hace algún tiempo he sospechado que su esposo y usted son más de lo que aparentan. Quiero decir que están ustedes sirviendo a la causa de la libertad a costa de riesgos mayores de los que podrían verse con buenos ojos. Mi aprobación sonará a chanza, pero lo cierto es que lo apruebo. De mí no tiene nada que temer, y tal vez tenga algo que esperar. Si surge alguna vez la necesidad de hacer algo por usted, sea con la lengua, sea con la pluma, sea con la pistola, sea con el monedero si es preciso, cuente usted conmigo. Acudiré en su auxilio y la salvaré como siempre me he salvado yo.

Mary. ¿Tan afecto es usted a la libertad de América?

Wilkes *(vacila un momento y se sienta.)* Caramba, señora;

ahí me toca usted un punto de honor. Sí: es realmente cierto que Jack Wilkes tiene su propio punto de honor. Y no lo tiene por engañarse. Yo a menudo miento. Me gusta contar mentiras. Se me da francamente bien. Pero también puedo yo decir la verdad, mientras son muchos los caballeros honorables y virtuosos que no pueden. Puedo decir la verdad sobre mí. Sé muy bien cuál es la verdad que me incumbe. Cuando escribo versos llenos de procacidades no digo, al contrario que los papas o los Churchill, que me dedico a azotar los vicios de la época. Cuando sirvo de acompañante de un noble adinerado no digo, como el señor Burke, que estoy al servicio del partido conservador y a la causa de la libertad constitucional. Sé por qué hago las cosas, y si es necesario sé expresarme con palabras. *(Entra* Swift *por la puerta del fondo, vestido del todo y con la espada al cinto.)*

Soy un granuja, pero no soy un cobarde, y por lo que a usted atañe no soy un mentiroso. No vengo aquí para servir a la causa de la libertad de América. Vengo aquí con el objeto de hacerle a usted requiebros de amor. En este instante estoy requebrándola. ¿Qué otra cosa iba a hacer?

Mary *(levantándose.)* Está usted diciendo tonterías y lo está estropeando todo. *(Sale por la puerta del fondo.)*

Swift. Señor Wilkes, le he oído decir que no es usted un cobarde. Estoy sumamente deseoso de creerlo, pero permítame pedirle que me lo demuestre.

Wilkes *(poniéndose en pie.)* Señor, tengo yo la firmeza de Régulo. ¿Se propone acaso leerme uno de sus panfletos? *Atqui sciebat quod sibi barbarus...* Bien, pues aun sabiendo de qué es capaz un americano...

Swift *(con repentina virulencia.)* Es usted un mono burlón y ahora me lo va a demostrar. Tiene usted espada. *(Desenvaina.)*

Wilkes. Caramba, señor, yo ya he desenvainado con anterioridad, pero no tengo especial deseo de combatir con usted en su propia casa.

Swift. Señor, demasiado bien conozco el respeto que tiene por mi casa.

Wilkes. Ah, pues muy bien. *(Desenvaina y se cruzan las espadas. Alguien llama a la puerta.)*

Criado *(entrando.)* La marquesa de Montmarat.

Entra la marquesa de Montmarat; *es una hermosa dama con una expresión más bien distante, casi hipnótica, en los ojos luminosos, y ostenta una sonrisa de permanente comedimiento. Los dos hombres bajan las espadas, pero no tienen tiempo de envainar.*

Marquesa. Vaya, señor Swift. Muy belicosa demostración es ésta.

Wilkes. No, señora. No es más que un saludo. El arco de espadas que se forma para acoger a la reina de la belleza. *(Alza al máximo la espada y* Swift *más despacio cruza la suya con la del otro, formando un arco bajo el cual pasa la dama con regia expresión.)*

Marquesa. Señor Wilkes, reconozco su cortesía y, permítame añadir, celebro su presencia de ánimo. Ahora, retiren ese arco triunfal, pues resulta demasiado militar para ser yo tan sólo la esposa de un agregado de embajada. Olvidan ustedes que las damas de la diplomacia hemos de promover la amistad entre las naciones. Y olvida usted, señor Wilkes, que Francia está en paz con su país.

Wilkes. No sé por qué, pero algo me dice que Francia también lo olvidará muy pronto.

Marquesa. No debe usted decirme tal cosa, aunque ya se sabe que usted siempre dice lo que no debiera decir a quienes no debiera usted decírselo. Es la única cualidad heroica que usted posee, señor Wilkes. Por mi parte, mi deseo de mujer, y no de dama de oficio, es que terminen toda las disputas, públicas y privadas por igual. Pero ha de llegar el tiempo de la paz y la sabiduría y la hermandad de las naciones. Hay ocasiones en que tanto anhelo tengo de que llegue ese día que cedo a la antigua debilidad de la impaciencia. Llegará; es posible que la propia impaciencia de los menos ilustrados sea la que nos lo acerque un poco más. Es posible que mediante todas estas guerras y revoluciones la unidad por fin surja de lleno.

Wilkes. La diosa, al fin y al cabo, llegará pasando bajo un arco de espadas.

Marquesa. A veces pienso que cuando chocan dos espadas sólo son las dos hojas de las cizallas del Destino. Es posible que cada hoja de un par de tijeras sueñe con que lucha contra la otra a muerte, pero la verdad es que se hallan en una mano más grande, y se emplean juntas las dos con un solo fin en mente.

Wilkes. Bella Átropos, el símil es adorable. Nada podría reconciliarme más con la religión que la imagen de un sastre divino y omnisciente que corta una divina y perfecta casaca.

Marquesa. ¡Váyase, monstruo! Demasiado piensa usted en casacas y otras bagatelas. *(Volviéndose a* Swift.*)* Al menos estará usted de acuerdo conmigo en que la libertad, cuando llegue, ha de ser libertad también de todas esas fruslerías de petimetre. La vida natural, eso es lo que nos espera; eso es lo único que es más civilizado que la civilización.

Swift *(meditabundo, en voz baja.)* Ha sido extraño, ha sido asombroso lo que dijo usted sobre las espadas y las cizallas.

Mientras los dos comienzan a charlar con más intimidad, Wilkes *se retira sin disimulo, los estudia cínicamente desde lejos y desaparece en la habitación del fondo.*

Marquesa. Oh, de sobra sé que el sabio debiera ser sosegado, pero a veces me canso un poco de todos estos celos y rivalidades. *(Mirándole más a fondo.)* El señor Wilkes es el señor Wilkes; es un hombre de mundo, sabe cuidar de sí mismo. En cambio, ¿por qué tiene usted, con su espíritu y su alma, que jugar a suicidarse por tales menudencias? No me diga cuál era la razón de que combatieran ustedes, pues nada importa. Combatían ustedes como dos chiquillos que se pelean por una manzana. ¿Cuándo se dejarán los hombres de tanta absurda competencia? ¿Cuándo aprenderán qué fácil es compartir las cosas?

Swift. Hay algunas cosas que no puede uno compartir.

Marquesa. ¿De veras? ¡No me diga! Mejor dicho, dígame: ¿no le resultaría a usted extraño que dos hombres se asesinaran uno al otro a estacazos porque los dos admiran la misma puesta de sol?

Swift. Sus figuras retóricas siempre son fascinantes. Pero con ellas abre usted amplios panoramas, vistas alarmantes.

Marquesa. Los amplios panoramas siempre son alarmantes. Mi querido amigo, detesto todas estas mezquindades, todas estas leyes que pretenden restringir el uso de la palabra a las mujeres. Ahora voy a violar una de ellas. Salgamos a sentarnos en ese asiento, donde podremos hablar a nuestras anchas.

Swift. Le pido mil perdones. *(La conduce al banco de la hornacina, donde se sientan y siguen charlando. El* criado *llama a la puerta y vuelve a entrar.)*

Criado. El señor Boswell. El doctor Johnson.

Entran el doctor Johnson *y* Boswell. *Avanzan hasta el centro de la estancia, que han creído vacía. Como* Swift *y la* marquesa *han trabado íntima conversación en la parte de atrás, no los oyen.*

Boswell. El capitán Draper, señor, tendría que haber llegado antes que nosotros para guardar la debida propiedad de las formas, pero creo que no tardará en llegar junto con el señor Burke. No creo que al señor Swift le moleste, pues tengo entendido que es un caballero sumamente hospitalario, y que la suya ha sido una muy cordial invitación.

Johnson. Señor, mucho me alegro de visitarle.

Boswell *(airado.)* Siempre y cuando, supongo, la concurrencia sea de su gusto.

Johnson. ¿Qué quiere usted decir? ¿Acaso me supone tan desconocedor de las costumbres de la buena sociedad? ¿Cree que pretendo yo dictar a un caballero qué visitas debe acoger o no en su propia casa?

Boswell. No es eso, señor, pero temía su desaprobación si algunos de nuestros amigos los liberales estuvieran aquí presentes.

Johnson *(con creciente irritación.)* ¿Y bien señor? Supongamos que así fuera. ¿Soy yo quien ha de dictar a un caballero la política que le conviene seguir con sus propias amistades? ¿Soy yo quien ha de indicarle qué opiniones políticas debe profesar?

Boswell *(riendo sonoramente.)* No, no. Está usted de broma, doctor Johnson. Sin duda que está de broma. Caramba. Por poner un ejemplo descabellado, supongamos que Jack Wilkes estuviera aquí presente. ¡Ja, ja, ja!

Johnson *(con voz tonante.)* Pues supongamos que Jack Wilkes esté aquí, señor. ¿Acaso no soy yo capaz de recibirlo con la debida propiedad? ¿Acaso carezco tanto del decoro y la delicadeza al uso, acaso soy inapropiado para gozar de la sociedad de mis semejantes?

Swift, *que se ha sobresaltado al oír los rugidos de* Johnson, *se pone en pie.*

Swift. ¡Señor! Ya llegan mis visitas. ¿Dónde está mi esposa?

Marquesa. Vaya a buscarla. Por el momento, yo ocuparé su lugar. *(Se adelanta cuando* Swift *sale por la puerta del fondo.)* Buenos días, doctor Johnson; nos conocimos en casa de la señora Thrale, que es buena amiga mía. Soy la marquesa de Montmarat, no sé si lo recuerda; mi esposo está adscrito a la embajada de Francia.

Johnson *(todavía malhumorado.)* Señora, a su servicio.

Marquesa. El señor y la señora Swift no tardarán ni un momento en llegar; deberíamos haberles saludado a ustedes antes, pero me temo que estábamos demasiado enfrascados en una de esas conversaciones filosóficas en las que con tanto brillo destaca usted, doctor. Seguramente tendríamos que haberle pedido que la arbitrase.

Boswell *(ansioso.)* Señora, no conozco yo ninguna cuestión sobre la cual no pueda ejercer arbitrio el doctor Johnson.

Marquesa. Es una cuestión de gran calado. Comenzó por la posibilidad de impedir que se produzcan disputas, incluida la tragedia de todas estas guerras y revoluciones.

Criado *(entra y anuncia.)* El capitán Draper, el señor Burke.

Entran Draper *y* Burke; Burke *busca en derredor a su anfitrión, pero ve a* Johnson *en el centro de un grupo que discute, así que sonríe y toma asiento.* Draper *permanece en pie, observando al grupo sin perder detalle.*

Marquesa. Y entonces dije que las disputas surgen más a menudo de las minucias que de las grandes cosas, y que estamos enmarañados en la red de la etiqueta, sobre todo en todo lo que es la etiqueta que concierne a las damas. No me cabe duda de que las damas detestan que se les ponga en pedestales, o en vitrinas de cristal. A buen seguro que cuanto necesitamos es más simplicidad. Todos los sabios de Oriente y de Occidente se han mostrado a favor de una vida sencilla. Usted mismo es uno de los grandes sabios, doctor Johnson; a buen seguro está usted a favor de la vida sencilla.

Johnson. Señora mía, una vaca lleva una vida sencilla. Una vaca no necesita más que hierba. Las relaciones de los bueyes con las vacas no están enmarañadas a causa de la etiqueta. Pero no sabía yo que los bueyes fueran filósofos.

Marquesa. A buen seguro, doctor Johnson, no será usted tan rudo que vaya a comparar a una dama con una vaca.

Johnson. No, señora. La compararé con un asno si le desagrada que se le trate con la debida civilidad. La cortesía más puntillosa con las damas es una de las señales que nos distinguen de los animales, sean vacas, sean asnos.

Entran por la puerta del fondo Swift *y* Mary; Johnson *está de espaldas a ellos y prosigue la discusión durante un tiempo sin haberlos visto.*

Mary *(en voz baja, a* Swift.*)* ¿Quiénes son estos? Yo he visto antes la espalda de ese hombre.

Swift. Debe de ser el doctor Johnson, digo yo. Dicen que ha venido.

Ella avanza hacia Johnson *hasta ponerse a su lado; lo saluda, pero él permanece de frente a la* Marquesa, *concentrado en la polémica. El* Criado *trae el servicio del té en una bandeja y lo pone sobre la mesa.* Johnson *consigue derribar una taza antes de darse cuenta.*

Mary. Encantada de verle, señor. Ha sido muy amable al venir.

Johnson *(a la* Marquesa.*)* Los abogados de la sencillez, señora, hablan por los codos de la relación natural entre hombres y mujeres, pero lo último que a todas ustedes, las damas cultas, realmente les agradaría es que se les tratase con toda naturalidad. Dígame, señora: ¿le agradaría si yo le dijera que son todas ustedes una bandada de gansas?

Mary *(obstinada.)* ¿Cómo se encuentra usted, doctor Johnson?

Johnson *(prosigue.)* La convención es civilización, señora, y no podemos prescindir de la cortesía sin perder humanidad.

Marquesa. No sé yo si realmente querría prescindir de la cortesía, pero le aseguro que podría arreglármelas sin todas esas pequeñeces, sin todas las minucias del decoro, todas esas mezquindades que...

Johnson *(la interrumpe con un rugido.)* Señora, eso son pamplinas. La razón indicará a todo el que no sea bobo que cuide de las pequeñeces que usted llama minucias. La bala que mata a un hombre es poca cosa. La píldora que le salva la vida es poca cosa. Sólo con la debida conciencia de las pequeñeces demuestra un hombre que está debidamente vivo. Quien se enorgullece de no tener conciencia de cuanto le rodea, así sea un sabio de Oriente o de Occidente, se enorgullece de ser un tarugo o un pedrusco. Un rábano carece de conciencia de cuanto le rodea.

Mary. ¿Cómo se encuentra usted?

Boswell *(que ha disfrutado de la escena como un artista, y que ahora piensa que ha ido demasiado lejos.)* Señor, ¿me permite que le presente a nuestra anfitriona? Ésta, me parece, es la señora Swift.

Johnson *(se da la vuelta lentamente y derriba otra taza de té.)* Señora, le pido disculpas. *(Tras una pausa.)* Me parece, señora, que nos hemos visto antes...

Draper. Qué interesante.

Johnson *(se vuelve lentamente y dedica una reverencia a* Swift.*)* Señor Swift, también me parece que hemos tenido el placer de conocernos...

Draper. Qué curioso. Me pregunto dónde pueden haberse conocido ustedes.

Johnson. Es fácil, señor. Fue en las Hébridas, a menos que mi memoria me engañe.

Swift. Me temo que le engaña, señor. Debe de haber una equivocación.

Mary *(a la* marquesa, *en voz baja.)* ¿Dónde está el señor Wilkes?

Marquesa. Ha ido a la otra sala. Había discutido con su esposo.

Mary. No se preocupe usted de ninguna discusión en la que mi esposo intervenga. Debemos ir en busca del señor Wilkes. Le necesito aquí y ahora.

Marquesa. ¿Y por qué, si puede saberse?

Mary. Porque sabe mentir, y mi marido no.

Acude a la sala contigua y reaparece con WILKES.

DRAPER. Parece que ésta es una situación singular.
MARY. Doctor Johnson, ¿me permite que le presente al señor John Wilkes?

JOHNSON *se sobresalta y se queda envarado y lo mira fijamente; hace entonces una levísima reverencia y, dándose la vuelta despacio, mira a* BOSWELL *forzando una mueca espantosa.*

WILKES. A menudo he tenido la esperanza de gozar de este placer. Doctor Johnson... Creo que nos conocemos los dos, nuestra reputación nos precede.

JOHNSON *se aleja y se sienta muy malhumorado a la mesa de atrás, cubierta de libros y panfletos. Toma uno para leerlo y lo deja con desagrado; toma otro y también lo deja.*

WILKES (*avanza con elegancia hacia él.*) ¿Una taza de té, doctor Johnson?

JOHNSON *gruñe por lo bajo, pero la acepta.*

DRAPER. Confieso que aquí hay un misterio que me gustaría, por determinadas razones, esclarecer. Me pareció entender, de boca del señor Swift, que nunca habían estado ustedes en Escocia, que habían pasado toda su juventud en Francia.
MARY. Así es. Los dos estábamos exiliados en Francia, ya lo sabe usted. Por eso queremos pedir al señor Burke que nos dé todas las noticias de América que

él conozca. El señor Burke sabe todo lo que hay que saber sobre América. Siempre hace bellos discursos sobre esa cuestión, cuando no se dedica a denunciar a los amigos del rey.

BURKE. Ni mucho menos, señora. Espero yo ser uno de los amigos del rey. ¿Quiénes fueron a su vez amigos de Carlos I? ¿Hyde y Falkland, que lo llevaron a hacer una pausa y sopesar la situación, o Laud y Strafford, que le animaron a seguir por el camino que emprendió?

BOSWELL *(animado.)* Al menos, quienes por él perdieron la vida fueron más amigos que quienes le quitaron la suya.

MARY. Vaya, siempre había supuesto que Carlos I...

DRAPER. Disculpe, señora, pero mi pregunta nada tenía que ver con Carlos I.

WILKES *(diligente.)* Doctor Johnson, ¿otra taza de té?

JOHNSON. Gracias, señor.

DRAPER. Parece que aquí se dan los elementos de uno de esos cuentos de fantasmas que tanto interesan al doctor Johnson. Sus cuerpos de ustedes se hallaban en Francia, pero sus almas, si se me permite decirlo así, parecen haber estado mucho más en América. Al final, por medio de una aparición de lo sobrenatural típica de las Tierras Altas, sus espectros han hecho acto de presencia en las Hébridas.

SWIFT. Nuestras almas están en América y eso nunca lo hemos negado. Todos los hombres han de estar en la tierra en que nacieron. Pero le aseguro que se confunde usted bastante si supone que hay algo insólito en el hecho de que se profesen tales simpatías en Francia. Francia rebosa de simpatía por las colonias de América.

MARQUESA. Francia está repleta de principios republicanos y de prácticas aristocráticas y monárquicas. Tan hartos estamos de ser damas y caballeros que hemos probado a vestirnos de pastores y pastoras, y ahora tan desesperados estamos que incluso tratamos de obrar como seres humanos.

WILKES. Tómese otra taza, doctor Johnson.

JOHNSON. Señor, es usted muy amable. Pero comprendo que no debo aprovecharme de este modo de su bondad. Un hombre cuya flaqueza requiere tales atenciones de los demás ha de aprender a proveer por sí solo. *(A* MARY.*)* Señora, como no debo yo monopolizar así al señor Wilkes, ¿me permite presentarle a un criado propio que me atienda como es debido? *(*MARY *asiente con un gesto.)* Se lo agradezco, señora. *(A* BOSWELL.*)* Señor, ¿quiere hacerme el favor de pedir a Frank que entre en la sala unos momentos? Está esperando fuera. *(Sale* BOSWELL.*)*

MARQUESA *(prosigue.)* Francia la verdad es que está repleta de utopías. Nuestros uniformes y libreas y escudos de armas datan de hace ya muchos siglos, cuando los hombres eran o nobles o vasallos. En cambio, vivimos y pensamos y conversamos siglos después, en una época en la que todos los hombres han de ser libres y han de ser iguales unos a otros.

DRAPER. Yo querría que se contestase a mi pregunta.

MARY. ¿Y cuál es su utopía, señor Burke?

BURKE. La verdad, señora, es que sólo tengo una objeción a la utopía. Son muchas las bibliotecas que he repasado, y nunca he podido encontrar una historia de la utopía. A mí lo que me interesa es la historia de las naciones.

DRAPER. A mí me interesa la historia de las personas.

Vuelve a entrar BOSWELL *seguido por* FRANK *el negro, criado del doctor* JOHNSON.

JOHNSON. Eso es, Frank. Sólo deseaba que echara usted una mano con las cosas del té.

WILKES *se retira y se apoya con elegancia en el respaldo de la silla que ocupa* MARY.

MARQUESA. En cuanto a la historia, señor Burke, tenemos una grandiosa historia en Francia, que creo que ha empezado a pesar sobre nosotros más de lo que debiera, como nuestras tiaras y diademas en las contadas y grandiosas ocasiones en que las lucimos. Yo de buena gana me desprendería de la mía.

BURKE. Si su señoría alguna vez se desprende de su tiara, confío estar presente para recogerla y devolvérsela al lugar que le corresponde.

MARQUESA. Oh, no pienso hacerle caso; para entonces también habré perdido la cabeza. De todos modos, ¿qué le importan a usted las tiaras? Creí que era usted amigo y defensor de la libertad.

BURKE. Señora, una vez más le confesaré ese vicio que tengo, y que consiste en leer historia. En mis lecturas de historia siempre he encontrado dos cosas que han pisoteado la libertad: un rey y una multitud. Sólo ha existido un ambiente, a la vez generoso y moderado, a la vez flexible y seguro, en el que la libertad de expresión y de pensamiento hayan florecido y prosperado: el ambiente de una nobleza liberal e ilustrada. Fueron los nobles los que lograron que se forjase la Magna Carta; fueron los Russell y los Cavendish los que llevaron a buen puerto la Gran Revolución. Habla usted como si el equilibrio en política fuese algo obvio a la par que facilísimo de lograr, como si nuestras libertades constitucionales crecieran en todos los setos del país. Yo creo que se necesita una ponderada mezcla de tierras distintas, una tradición hecha de muchos trucos de jardinería, antes que en lo más recóndito de uno de nuestros jardines históricos crezca una flor solitaria y deliciosa, cuyo nombre es el de la Libertad.

SWIFT. Señor, podría yo llevarle… o al menos podría decirle dónde crece la Libertad en todos los setos. Hay espacio de sobra para que crezca como la hierba en las grandes praderas del oeste.

DRAPER. Y digo yo que lo observó con sus propios ojos cuando era niño…

SWIFT *(lo ignora en un arrebato de entusiasmo.)* América no tiene historia. Por eso creo en América. Adán y Eva en el jardín del Edén no tenían historia, porque estaban cerca de Dios. Los americanos retornan a Dios, retornan al Hombre, retornan al hecho fundamental de nuestra humanidad. De largo preferiría yo que todos los ciudadanos americanos fuesen por la vida tan desnudos como Adán y Eva, antes de verlos lastrados por los escudos y las tiaras con que la historia nos lleva a olvidar la humanidad. Así como han dicho los hombres que con las trompetas de la resurrección todos nos alzaremos desnudos por igual, también con las trompetas de la revolución nos alzaremos todos libres por igual.

BOSWELL *(a* JOHNSON.*)* Señor, no pienso seguir escuchando estos principios anárquicos. Es mi deber apelar a su sagacidad para que los aplaste.

BURKE. En efecto, doctor Johnson. Usted está mejor preparado que nadie para defender un orden civilizado frente a los postulados del señor Swift.

JOHNSON *(tras una pausa.)* Verá usted, señor: hablando en puridad, al señor Swift la razón le asiste. *(Lo miran todos muy interesados.)* La Providencia sin duda ha creado a todos los hombres para que gocen ellos de su bien y de la gloria providencial, y en ese sentido a los hombres se les crea en la igualdad, y originariamente se les crea en la inocencia. Y si bien considero que la subordinación social es esencial a la felicidad de la sociedad, nunca se ha pretendido que con ello se diera por sentada una negación de la caridad fraterna que los hombres se deben unos a los otros. Hay hombres valiosos y dignos, los hay de toda clase y condición, y sin duda es bueno acostumbrarnos a la relación que podamos trabar con ellos. Aquí tenemos a uno, sin ir más lejos. Frank, por favor, siéntese; tal vez el señor Swift quiera ofrecerle a usted una taza de té.

FRANK, *con gran desconcierto y falta de resolución, por fin toma asiento en la silla que* WILKES *ha dejado libre.* SWIFT *involuntariamente se pone en pie, y se sujeta al respaldo de la suya.*

Wilkes. Bien, pues que me aspen si… ¿Quién hubiera pensado en acusar al doctor Johnson de gastarnos una broma?

Johnson *(a* Swift.*)* Conténgase, señor; no tiene por qué darse por sorprendido. Frank es un hombre, y todos los hombres son iguales. Es un hombre bueno, y la mayoría de los hombres no es igual a él en eso. Es un buen amigo, y por mí ha hecho cuanto ha sido preciso mientras yo he vivido, tanto que recibirá cuanto poseo cuando me llegue la hora de morir.

Swift *(de nuevo en su asiento.)* Le confieso, señor, que me ha pillado en un renuncio, y que mi sorpresa fue por sí misma inconsistencia. A decir verdad, no es tanto que me sorprendiera al ver por un instante a un criado sentado entre nosotros, sino que… *(Calla.)*

Johnson. Sino que era, más que un criado, un criado negro, supongo que iba usted a decir. Señor, como usted abandonó Virginia en su más tierna infancia, no puedo por menos que congratularme con usted por la precoz inteligencia con que asimiló los prejuicios que allí son moneda corriente. *(Se hace un silencio.* Johnson *da a* Frank *una amistosa palmada en el hombro.)* Bueno, con esto basta, amigo mío. Lamento haberle hecho pasar vergüenza en una estúpida chanza.

Draper. Lejos estuvo de ser estúpida, señor, y creo que ha tenido mayor efecto del que tiene una simple chanza. Me temo que ha llegado la hora en la que debo hablar con toda claridad. Es un asunto desagradable, pero visto el uniforme del rey y me ocupo de una manera especial de este asunto. Y hay aquí involucradas ciertas sospechas que no puedo pedir que se pasen por alto. *(A* Swift, *bruscamente.)* ¿Tiene usted alguna prueba que demuestre que provienen ustedes de Francia?

Wilkes *(con descuido, apoyado en el respaldo de la silla que ocupa* Mary.*)* Vaya, pues no debería ser eso muy complicado. Cualquiera de nuestros viejos amigos de Caudebec podría testificar en su favor. Giraud, o Pinson, o el viejo Gautière, el comerciante de vinos, o aquel viejo en cuya taberna jugábamos a veces al dominó. A madame Colbert le haría mucha gracia, ¿verdad?, oír que se insinúa que no ha estado usted nunca en Francia.

Burke *(sorprendido.)* ¿Cómo es eso? ¿Conoció usted al señor Swift en Francia?

Wilkes. Mejor de lo que lo he conocido aquí, me temo. Los dos estuvimos allí en *garçon*, ya sabe usted. Fue durante mi exilio y antes que él marchara a Bélgica y encontrase a su esposa. *(Mira en derredor con una agradable sonrisa.)* Nuestro amigo Swift era en aquel entonces un joven alegre y despreocupado, si me permite su esposa que lo diga.

Draper. ¿Pretende usted decir que podría aportar pruebas de ese lugar de Francia? ¿Hay alguien que realmente pudiera dar testimonio?

Wilkes. Mi estimado señor, en aquella mesa debíamos de reunirnos al menos veinte personas, la *table d'hôte* del viejo Trois Étoiles. Tienen que ser muchos más de los que yo recuerdo, aunque Garnier y el alcalde seguro que seguirán allí. Aquello fue en el 73. En verano y en otoño.

Draper. Pero fue entonces cuando el doctor Johnson recorrió las Hébridas, y dice que allí vio al señor Swift.

Wilkes. El doctor Johnson es uno de los críticos más sagaces y con vista de águila que son y han sido, pero, si me disculpa, es uno de los hombres más cortos de vista que hay. La verdad, señor, está por encima de todo; la verdad es lo único que me importa en toda esta cuestión. El doctor Johnson sería el primero en estar de acuerdo en que hay un deber que está por encima incluso de su virtud predilecta, de esa elegancia social y la cortesía en el trato. Y es la verdad lo que me obliga a afirmar que eximo al doctor Johnson de la acusación de llevarle a usted a engaño con ninguna artimaña, aunque para ello deba decir que debe de estar quedándose ciego.

Johnson. En lo que se refiere a la vista, como a otras cosas, hemos de aceptar todos con gratitud lo que la Providencia nos tenga reservado.

Draper. El señor Boswell no es corto de vista.

Wilkes. El señor Boswell es ciego a todo y a todos, salvo al doctor Johnson. Los demás le parecemos meras sombras que forman parte de un trasfondo indistinto.

Draper. Doctor Johnson, éste es un asunto muy serio, y mi deber es conducirlo con la debida seriedad. ¿Le parece posible que su reconocimiento del señor Swift haya obedecido a un error?

Johnson *(poniéndose en pie.)* Señor, si usted me lo pregunta, debo… *(Permanece de pie, meditando con el ceño fruncido y mirando a* Mary, *que prepara el té.)* Debo de haber estado en un error. Sería a todas luces inconcebible que nadie se refocilase en tan sórdida y repulsiva depravación que lo llevase a invocar el nombre de la verdad, como ha hecho el señor Wilkes, hallándose en el acto de decir algo que contradijera la verdad.

WILKES. Señor, le agradezco este conmovedor testimonio que hace de mi honor.

JOHNSON *(sigue meditando.)* Y es tanto más posible que esté yo en un error, señor mío, si se tiene en cuenta que no poseo yo su familiaridad con las modas de la política y los asuntos trascendentes de la vida pública. Parecería casi impío afirmar que uno es más virtuoso que el señor alcalde de Londres. Y me reconcilia tanto más con mi ignorancia de la vida pública el hábito que tengo de hallar en la vida privada gran parte de lo que resulta esencial para la felicidad de los hombres. Mientras siga encontrando en la vida privada algo puro y constante, y sostenido por los afectos más sabios, pocas preguntas haré sobre los nombres y las insignias de las facciones políticas.

MARY *(mirándolo con seriedad.)* Pero de nada sirve negar, doctor Johnson, que los dos somos en teoría buenos republicanos.

JOHNSON. Si me presenta semejante paradoja, señora, dejaré a un lado el problema de que a tales personas se les pueda llamar republicanas o no mientras me satisfaga el hecho de que se les pueda tener por buenas personas. Las virtudes domésticas pueden florecer bajo cualquier sistema político, y mientras sigan existiendo, los más perfectos e ideales bienes del común causarán relativamente pocos males. Hay un pasaje en uno de los sermones del obispo Sherlock sobre los deberes de las esposas que expresa esto mismo de manera harto feliz, pero el libro es poco conocido; creo que de hecho el único ejemplar se encuentra depositado en la Biblioteca Bodleiana. Como es mi intención visitar Oxford casi de inmediato, tendré un gran placer en copiarlo para usted. Ahora, señora, si me permite, sospecho que hemos abusado demasiado de su atenta compañía. Regresaré a la ciudad en el plazo de seis semanas, y tal vez entonces tenga el placer de colocar en sus manos mi manuscrito.

Mary. Es usted muy amable, señor. Espero y deseo que pueda venir a vernos. Es probable que sigamos alojados en esta casa.

Johnson *(con una reverencia.)* Descuide, señora. Conozco muy bien la ciudad. La encontraré donde quiera que pueda estar.

Sale, seguido por Boswell *y* Burke.

Wilkes *(caminando cogido del brazo con* Swift, *al que se ve reacio.)* Por cierto, ¿se acuerda de aquella muchacha de Caudebec que le vertió la jarra de sidra por encima de usted?

Swift *(en voz baja.)* Sí.

Wilkes. Oh, señor mío, no se me vaya a contrariar ahora por aquello. No permita que el recuerdo de una indignidad tan pasajera le altere al cabo de tantos años.

Draper *(se acerca a él con el sombrero en la mano.)* Señor Wilkes, ¿sostiene usted con su honor las palabras que ha pronunciado?

Wilkes. Señor mío, siempre hago honor a mi palabra. No soy miembro del actual Gobierno. Tampoco soy un espía a su servicio.

Draper. Es mejor que ser un espía al servicio de los enemigos del Gobierno. Pero es cierto que gozo yo de acceso a las dependencias del Gobierno, y allí es a donde voy ahora, a realizar ciertas indagaciones. Señora, a su servicio. *(Sale.)*

Wilkes *(cordialmente, a* Swift*.)* No parece usted muy deseoso de hablar de aquella muchacha de Caudebec. Sin duda por estar en presencia de la señora Swift, es natural.

Mary. Les aliviaré de su presencia. Tengo cosas de que ocuparme. *(Sale por la puerta del fondo.)*

Wilkes, *que se encuentra todavía cogido del brazo de* Swift, *espera a que se cierre una puerta más al interior, y entonces se suelta del otro, da un paso atrás y desenvaina.*

Wilkes. Ahora, señor Swift, después de esta pequeña interrupción, estoy dispuesto a que me mate.

Swift. Sabe usted que no puedo yo matarlo.

Wilkes. ¿Qué problema tiene?

Swift. Me acaba usted de salvar la vida.

Wilkes. Dios del amor, ¿y en eso también hay un punto de honor? ¡Cuántas complicaciones tiene la etiqueta!

Swift. A mí me parece muy sencilla. No puedo yo quitarle la vida a quien le debo la mía.

Wilkes. Señor, pues qué gran alivio. No es que tenga yo nada en contra de combatir, pero de largo prefiero conversar. De acuerdo con nuestro actual sistema de etiqueta, tan sumamente civilizado, parece a veces muy difícil conversar sin combatir. Pero también parece que nos encontramos usted y yo en una situación privilegiada. Digamos lo que digamos el uno al otro, no podemos combatir el uno con el otro. A eso le llamo yo verdadera libertad. Tenemos libertad para conversar, y se me ocurre que posiblemente podríamos utilizar nuestra libertad para hablar con cordura. ¿Tiene usted alguna objeción en que le hable con cordura?

SWIFT. Diga usted lo que le plazca, como es natural.

WILKES. En tal caso, al fin y al cabo sí que estamos en la utopía. Hemos fundado la república ideal. Así pues, como no podemos vérnoslas como duelistas, veámonoslas como filósofos. Dos filósofos de verdad, capaces de pensar lo que quieran y de decir lo que piensan.

SWIFT. ¿Qué es lo que desea decir?

WILKES. En primer lugar, y antes de envainar esta espada, le ruego que la mire bien. *(La hace girar en sus manos como si fuera un juguete.)* Mírela con calma y, de ser posible, con seriedad. Suponga usted que tuviera yo que presentarme a tomar el té con unas damas provisto de una enorme hacha de combate colgada del cinto. Suponga usted que hubiera tenido que venir de Virginia con un tomahawk sujeto a los faldones de su casaca. ¿No habría sido el hazmerreír de toda la ciudad con sus pintas de choctaw? Y, sin embargo, ¿qué son éstas, sino tomahawks, y qué somos nosotros, sino choctaws, al menos mientras sigamos tomándonos como punto de honor el hecho de desenvainarlas?

Swift. Es usted uno de los que piensa que el honor no se resentiría si se abolieran los duelos.

Wilkes. Señor, me parece más bien que no nos resentiríamos nosotros si se aboliera el honor. Tal vez piense usted que a mí ya no me queda honor que abolir. Soy el zorro que ha perdido la cola. Y ¿qué es el hombre civilizado si no un mono que ha perdido la cola? ¿Y qué es esta fantástica cola que agitamos los unos delante de las narices de los otros, sino los celos y la vanidad de un mono? ¿Qué son sus celos, sino los recelos de un salvaje que se pavonea por su wigwam y mira a su squaw? Descuente mis vicios como le venga en gana; no son causantes de tantas desdichas en el mundo como lo son sus virtudes.

Swift. En mi país me he acostumbrado a una explicación no tan cínica. Son nuestras virtudes las que se han rebelado, no nuestros vicios. Son los campesinos con el espíritu de Cincinnatus, las campesinas con el alma de Cornelia, quienes desafían los lujos y la corrupción de las cortes reales y dan un tinte religioso a nuestra revolución.

Wilkes. ¿Y de qué sirve esa revolución de ustedes? ¿Qué tiene de bueno si no impide que Cincinnatus abuse o que Cornelia incordie? ¿De qué sirve desafiar a una corte situada a miles de millas de distancia si en su aldea no pueden impedir que Cornelia empuje a Cincinnatus a la bebida o que Cincinnatus atemorice a Cornelia hasta matarla de miedo? ¿De qué sirve sujetar los desmanes de un viejo imbécil como el rey Jorge por medio del bien común, cuando ustedes son ese mismo viejo imbécil que es omnipotente en el seno de su familia?

Swift. ¿A dónde quiere llegar con todo esto?

Wilkes. Señor, es simple: hemos de librar una revolución tanto en la familia como en el Estado. Una revolución sin la otra sólo servirá para que el mundo sea más puritano y más provinciano que nunca. El doctor Johnson es coherente, pues se opone a ambas revoluciones. Usted no lo es: usted es un ciudadano en el foro y un sultán en el harén.

Swift *(tras una pausa.)* Encontré posturas semejantes a éstas en el libro que me prestó madame de Montmarat, y le confieso que estaban expresadas con vehemencia.

Wilkes. Mi querido señor, están por todas partes y se expresan por sí solas. Casi todo lo que oiga usted sobre la funesta disipación y la perversidad demoníaca en que incurrimos mis amigos y yo significa tan sólo que empezamos a decir lo que todo el mundo piensa. Nacen y proliferan las sociedades tanto aquí como en Francia: sociedades secretas, las llaman, aunque son de hecho un secreto a voces. Más bien podría llamarse un secreto de gran guiñol, ya que lo representan las marionetas ante los niños en las calles. Es el secreto que conocen los satíricos de todas las épocas: ser tan sólo un hombre o una mujer casados no es más que ser un títere de palo, una marioneta asquerosa, trágica y absurda.

Swift. ¿Quiere decir que pertenece usted a esas sociedades?

Wilkes. A algunas. Hay una de la que probablemente habrá oído hablar usted. La llamamos el Club del Fuego del Infierno para desarmar toda suspicacia.

Swift. Señor, le felicito por su concepción del eufemismo.

Wilkes. Las llamas del infierno sólo están pintadas en las puertas para disuadir a los timoratos. En el interior están las flores del paraíso terrenal, el paraíso de los sabios. Allí, los viejos hechizos y las cadenas de la superstición desaparecen de nosotros sin que nos demos cuenta, y las amistades se forman de manera natural: libres, grandes amistades, como las que modelaron el mundo antiguo: la unión de Pericles y Aspasia.

Swift *(dubitativo.)* Supongo que Pericles tenía esposa.

Wilkes. Sin duda, pero nunca contó con que su esposa fuera su musa, y si me permite que le hable con la franqueza que da la libertad, tampoco creo que usted cuente con ello. Mi querido señor, no es racional suponer que el accidente sentimental de los dieciocho pueda ser la inspiración intelectual de los treinta y cinco. ¿Por qué había de ser algo que se farfulló hace años, en una capilla de pueblo, a miles de millas de distancia, lo que le condene a usted, o a quien sea, a la infelicidad?

Swift. ¿A qué se refiere cuando dice infelicidad? Yo creo que hemos sido felices.

Wilkes. ¿Quiénes han sido felices? ¿Usted y su esposa? ¿O usted y sus panfletos? Usted se ha contentado con escribir y declamar y distinguir entre el conservadurismo del señor Burke y el republicanismo del señor Jefferson. ¿Nunca ha reparado en que a su esposa le causan desazón todas esas cosas? ¿Puede afirmar con toda honestidad que no se ha hartado de todo ello? ¿Nunca la ha visto ir de un lado a otro de la sala y quitar los libros de ahí en medio? No está ella hecha para vivir encarcelada en una biblioteca. Está hecha para reinar en un salón.

Swift. Es cierto, ha dicho que quiere tener su propio salón.

Wilkes. Recuerde que somos filósofos y que nos hemos despojado de nuestras espadas, y permítame invocar un ideal, una idea platónica. Soy una figura fantástica en los márgenes de la sociedad, no me faltan los ribetes grotescos. He sido incluso alcalde de Londres. Pero le diré que si su esposa y yo estuviéramos casados, podríamos ser una reina y un rey.

Swift. Me parecía entender que los dos han de ser más bien republicanos.

Wilkes. No creo que eso nos importunara. Hay una cosa que tenemos en común ella y yo, y es una diferencia que hay entre nosotros y usted.

Swift. ¿Y qué papel he de interpretar yo en su real corte? ¿El del bufón?

Wilkes. No: usted sería otro rey en otro reino, tal vez mejor. Es posible que le desconcierte si añado aún a otra reina, pero ya que por fin estamos hablando con toda franqueza de las verdades primeras de la vida, sigamos su curso hacia el futuro. Suponga que un buen día Pericles conoce a su Aspasia. Suponga que conoce usted a una mujer que es más que hermosa, más que buena, que es más que una esposa, porque también puede ser una amiga. Suponga que se enciende con pasión ante un giro de palabras preciso, ante la elocuencia del señor Jefferson; suponga que sabe compartir el deleite que a usted le produce detectar la falacia exacta del señor Burke. Suponga que hay algo a la espera, una princesa en una torre, o en una isla, y que es la reina del reino intelectual que a usted le espera. Suponga que está aún destinada a cruzarse en su camino.

Alguien llama a la puerta con un solo golpe, y la puerta se abre entonces. Aparece la MARQUESA *un tanto descompuesta por la prisa; con los ojos encendidos de excitación trata sin embargo de dominar la pasión que la mueve.*

MARQUESA. Ah, ya sabía yo que me iban a mirar ustedes dos como si fuera un milagro.
SWIFT. Es que verá usted… creí que era un milagro.
WILKES. No. Como cualquier otro milagro, no es más que una coincidencia.
MARQUESA. Bien, pues en este instante soy un milagro, esa clase de milagro repentino que viene raudo a arrebatar a un hombre de un precipicio o de un naufragio. No hay un instante que perder, siempre y cuando el milagro haya de salvarle la vida.
SWIFT. ¿Qué significa todo esto?
MARQUESA. Señor Swift, lo he arriesgado todo viniendo aquí. Pero para usted no es mero riesgo; para usted es una muerte segura si se queda. Ese tal Draper es un esbirro de lord Sandwich y del Gobierno, y está resuelto a darle caza a usted. Lo desconcertaron momentáneamente las mentiras de Jack y la tolerancia del doctor Johnson, pero ha hecho sus indagaciones, y ya tiene la orden de proceder a su detención. Vi a Draper hablar con el teniente Crockford, un amigo suyo, que iba uniformado y estaba

obviamente de servicio. Y hay un soldado con la bayoneta calada a la entrada de esta casa en este preciso instante.

SWIFT *(con dignidad.)* En ese caso, señora, sólo queda por decidir si recibo al capitán con una reverencia o con la espada en la mano. En un caso o en otro no es más que la muerte lo que aguarda.

MARQUESA. No morirá usted. Digo que no morirá usted. No hay que hacer sino una cosa, y si he venido es para que pueda hacerla. Tengo un coche a la espera en la puerta de atrás, al fondo del jardín, y nos llevará de inmediato a la embajada.

SWIFT. ¿A la embajada?

MARQUESA. Sí, a la embajada de Francia. Usted se halla oficialmente agregado a la embajada de Francia. Por eso vino usted de Francia más o menos al mismo tiempo que nosotros. Es usted uno de los secretarios de mi esposo. Su trabajo diplomático para la embajada de Francia ha sido industrioso e inteligente.

SWIFT. Me alegra saberlo, pero la verdad es que no entiendo gran cosa. No es probable que yo dé muestras de tenerle miedo a la muerte, señora, y menos en presencia de usted. Sin embargo, no logro entender por qué uno de los secretarios de su esposo haya de ser inmortal.

MARQUESA. Uno de los secretarios de mi esposo es al menos inviolable. Todo lo que guarde relación oficial con la embajada se tiene por sagrado. La embajada es territorio francés a todos los efectos, y allí no se atreverán a ponerle la mano encima. Esta casa, en cambio, la arrasarán. Se apoderarán de sus papeles, leerán los secretos de toda la revolución. No se trata sólo de usted, sino también de su país.

Swift. Mi país, sí… ¿y mi esposa?

Marquesa. Su esposa puede seguir nuestro camino en otro coche. De eso se ocupará el señor Wilkes. *(Se le quiebra la voz.)* Ay, ¿es que no se da usted cuenta de que ahora estamos en un mundo donde las cosas son reales, tan reales como la vida y la muerte, y en el que nuestros vecinos más cercanos son los que nos pueden ayudar? Sabe usted muy bien que nadie, sino yo, puede ayudarle ahora. Sabe que usted por sus medios no podría sacar a su esposa de esta trampa con la astucia con que sabe hacerlo Jack.

Swift *(aturdido.)* En ese caso supongo que debo… es preciso que no se apoderen de los papeles… éstos son los únicos que importan… *(Registra un cajón y se los mete en los bolsillos.)*

Marquesa. Tómelos y vayámonos. Ya oigo a los soldados al pie de la ventana.

Se oye la voz de un oficial dando órdenes.

Swift *(bruscamente y con firmeza.)* Señor Wilkes, ¿tendrá usted la bondad de escoltar a mi esposa? *(Sale con la* marquesa.*)*

Wilkes *le dedica una reverencia y pasa a la sala interior para reaparecer con* Mary.

Mary. No lo entiendo. ¿Qué ha pasado? ¿Me está diciendo que John quiere que me vaya con usted?

Wilkes. Me ha hecho ese honor. Es un trayecto muy corto.
Mary. Es un trayecto larguísimo, lo sé; mucho más largo que el viaje desde América. Oh, en eso no me dejo engañar. Yo también sé pensar por mí misma, y sé que hemos venido para asistir al nacimiento de un mundo nuevo. Pero tener que marchar ahora, esta misma noche, en compañía de usted…
Wilkes. Pero es con permiso de él.
Mary. ¿Seguiremos el coche que ha tomado mi esposo?
Wilkes. También seguirá el ejemplo de su señor esposo.
Mary. Ir tras él, y sin embargo con usted…
Wilkes. ¿Por qué titubea? ¿Le parece acaso un delicado asunto de casuística?
Mary. No, ni mucho menos. Al fin y al cabo, no permitiré que me afecte. Ya le he dicho que sé pensar por mí misma. Sin embargo, un raro pensamiento se me ha pasado por la cabeza. No tiene que ver con nada, es una tontería que a saber de dónde ha salido.
Wilkes. ¿Por qué? ¿De qué me está hablando?
Mary. Estaba preguntándome…
Wilkes. ¿Y bien?
Mary. Estaba preguntándome qué pensaría el doctor Johnson. (*Lo toma del brazo y salen juntos.*)

ка # ACTO TERCERO

Escena. Sala de entrada del Café del Gallo Rojo. Al fondo, unas puertas plegadizas, de acordeón, que están cerradas, aunque llega del otro lado, a rachas, el ruido de las charlas o los cánticos. La sala de la entrada está llena de mesas y bancos, aunque en este momento no hay nadie en ellos.

Entran el CAPITÁN DRAPER *y el* TENIENTE CROCKFORD *cada uno por un lado; el segundo viste uniforme.*

CROCKFORD. Extraño lugar para su cita.
DRAPER. Es un lugar extraño, destinado a personas extrañas. Algunos de los personajes más peligrosos de todo Londres se reúnen tras aquellas puertas. Los hombres que forman parte del Club del Fuego del Infierno, con mujeres a su altura. Ahora se las dan de revolucionarios, y a mí me interesa uno de esos revolucionarios.
CROCKFORD. ¿Se refiere a su viejo amigo, el espía americano? ¿Aún sigue resuelto a detenerlo como sea?
DRAPER. No. Me propongo detenerla a ella. Ella es la verdadera espía americana. Al menos, es la más importante de los dos.
CROCKFORD. ¿Se refiere a su esposa?

Draper. Sí, a la mujer que tanto sale con Jack Wilkes. Ha adoptado todas las ideas novedosas, incluida la de no preocuparse demasiado por el hecho de ser la esposa de otro. Su esposo se empareja con la marquesa de Montmarat, cómo no, y entre todos ellos van a poner la ciudad patas arriba. Pero es ella la auténtica reina de la fiesta, por más que fuera una pequeña puritana cuando la conocimos. Siempre son los más tranquilos y reposados los que nos sorprenden con estas salidas inesperadas. Lo cierto es que no podremos detenerla a ella sin detenerlo a él.

Crockford. No podrá detener a ninguno de los dos. Su espía americano se ha convertido en un diplomático francés.

Draper. Los detendremos esta misma noche.

Crockford. ¿Y para qué servirá esa detención? Sólo conseguirá que la embajada de Francia le haga mañana mismo la vida imposible.

Draper. Mañana no habrá ninguna embajada de Francia.

Crockford. ¿Cómo que no habrá embajada de Francia? ¿Qué pretende decir?

Draper. Tengo noticias muy serias. Son malas noticias, me temo, pero es un mal viento que a nadie traerá nada bueno. El rey de Francia nos ha declarado la guerra esta mañana. Dará su apoyo a los rebeldes americanos.

Crockford. Bueno para ellos, malo para nosotros.

Draper. Bueno para la mayoría de ellos, pero malo al menos para uno. Si podemos apresar ahora a ese individuo, yo creo que los abogados nos van a contar un cuento muy distinto.

CROCKFORD. Bien, ¿y qué es lo que quiere que haga?
DRAPER. La situación tendría que definirse a medianoche a más tardar. Quiero que esté usted aquí cuando sea la una, con un pelotón de sus granaderos. Eso es todo. Hasta entonces, cuanto menos se nos vea por aquí mejor para todos, pues los espectros escogidos están al llegar. Hasta la una.
CROCKFORD. Muy bien. Hasta la una.

Salen por lados opuestos. Entran SWIFT *y la* MARQUESA, *pero se dirigen a la sala de la trastienda.*

MARQUESA. Según las noticias que me llegan, y que no debo detallarle, es posible que esta vez sí tenga usted que ir a Francia de veras, amigo mío.
SWIFT. Y visitar a todos los amigos franceses que Jack tuvo la amabilidad de proporcionarme. Debemos cerciorarnos de que Mary esté a salvo, aunque reconozco, por descontado, que es muy capaz de cuidarse por sí misma. Es verdad, tanto en la práctica como en teoría.
MARQUESA. Es una mujer maravillosa. Supongo que a todas las personas respetables y sin embargo mezquinas les sorprenderá que la admire tanto como la admiro. Desde luego, es un gran alivio hallarse por encima de todas esas envidias y de rivalidades privadas. Las personas respetables nos señalan con dedo acusador por defender opiniones filosóficas libres, como si tan sólo nos refocilásemos en el fango de la indulgencia y el egoísmo. ¡Qué absurdas son! Somos nosotros los que no tenemos egoísmo.

Somos nosotros los generosos, los solidarios, los que sabemos ceder ante los demás. Somos nosotros, los paganos, los que en verdad cumplimos el ideal cristiano que a los cristianos les resulta imposible. Sí, somos nosotros los que podemos amar y amamos a nuestros enemigos.

Swift. Sí, los nuestros son sin duda principios más elevados. No veo que pueda ser de otra forma. Me alegro mucho de que Mary sea de la misma opinión. Y, desde luego, se lo toma todo con más seriedad que yo.

Marquesa. Sí, es esa seriedad y ese vigor lo que yo admiro en ella. Tiene más vigor que visión de las cosas. Le pondré un ejemplo de la clase de cosas que ella es capaz de hacer y nosotros no. Comenté de pasada que una sociedad revolucionaria de Francia ha adoptado por símbolo el antiguo gorro frigio, pero de color rojo, para representar la revuelta en nombre de la libertad. Si alguien nos hubiera dicho eso mismo a usted o a mí, nos habríamos perdido en sucesivas visiones imaginarias; habríamos imaginado ese extraño y arcaico adorno en las cabezas de los antiguos sacerdotes frigios que elevaron sus altares a la naturaleza y a la Tierra; nos habríamos preguntado si los antiguos misterios griegos nos habrían tal vez legado algún secreto sobre la adoración de la libertad. Pero ella vio en el acto que podría ser la enseña de nuestro propio club, el gorro rojo de la Taberna del Gallo Rojo. Con sus propias manos se puso a confeccionarlos; junto con sus criadas y amigas tenía una cincuentena lista por la mañana. Así es como se hacen las revoluciones.

Swift. Sí, tengo la sensación de ser, en ese sentido, bastante inútil.

Marquesa. No es usted inútil. Es muchísimo más que un hombre útil. Créame, amigo mío, si le digo que sin nosotros no tendría esperanza la humanidad. El mundo necesita tanto a los filósofos como a los políticos, y los filósofos escasean más que los santos. ¿Sabe usted qué es lo que de veras admiro en su persona? Que siempre está dispuesto a atender a razones.

Swift. Ése es sin duda el primer deber de un hombre.

Marquesa. Muy pocos son los que lo intentan, y menos aún son las mujeres. Escuchan a los amigos, a los enemigos, a los rostros y a las voces, a los gestos y las intenciones; escuchan cualquier cosa, salvo aquello que se les dice. El punto fuerte que usted tiene es que primero piensa en las cosas, valora si son verdad o no. Escuchó usted al pobre Jack Wilkes como si fuese un ángel venido del cielo, porque hizo una deducción lógica a partir de la libertad. Dijo usted, como acaba de decir ahora, que no veía que pudiera ser de otra forma. La mayoría de los hombres han ideado un centenar de formas distintas de ver las cosas: que Wilkes era un mentiroso, un vividor, un despilfarrador, un hombre al que ningún caballero en sus cabales debería prestar atención, un zascandil y un libertino al que habría que tratar como a una rata. Sí, son muchas las respuestas que pueden darse a Jack Wilkes, pero no había respuesta posible a lo que dijo. Usted lo escuchó, y ésa es muestra de la magnanimidad de un filósofo. Habrá quien quiera llamarlo a usted distraído y miope, pero yo cuando veo estas cosas sé bien a qué nos referimos al decir que la justicia es ciega.

SWIFT *(tras una pausa.)* Posee usted un don divino, muy poco corriente. Sabe usted hacer cumplidos que convenzan. Lo malo es que cuando la gente nos elogia, siempre sabemos, en el acto, que no nos lo merecemos. Lo que usted dice es adulador, aunque con toda honestidad no veo yo que pueda ser falso.

MARQUESA. Quienes se guían por la verdad nunca encuentran falsedades donde no las hay. La verdad a menudo nos lleva a extraños lugares, pero siempre es la verdad la que nos guía.

SWIFT *(con una reverencia.)* Pues guíeme usted.

Pasa por delante de él al entrar en la sala del fondo; él la sigue y abre las puertas. Cuando desaparecen dentro, WILKES y MARY aparecen en primer plano. Ella viste mucho más a la moda que antes, y le da un vivo color en las mejillas la pasión del placer, de la ira o del triunfo.

WILKES. No se habla de otra cosa en toda la ciudad. Dicen que el encuentro que mantuvo usted con la señora Montague fue digno del encuentro épico de dos amazonas. De buena gana habría pagado cien libras con tal de estar presente, sobre todo si fuera con el dinero de mis acreedores.

MARY. La verdad es que fue muy risible, y no creo que se llevara ella la mejor parte. Me temo que le gasté una broma cuando le dije que algunos de nuestros temibles demagogos en América están expresando lógicas exigencias, y le cité pasajes enteros. Y cuando exclamó asombrada al oírlos, le dije que eran citas tomadas de boca de su propio amigo y gran patriota, el primer ministro: eran citas de los discursos del propio lord Chatham. Ahí tiene usted a su gran político, le dije, al que conquistó el Canadá y la India, el que dice que no pueden ustedes conquistar América.

WILKES. Una broma que de seguro no le gustó, claro está.

MARY. Montó en cólera, y quiso decir cosas cargadas de odio. Ah, y habló de usted, desde luego. Su amigo, lord Sandwich, ese viejo animal que vendió su secreto y lo delató a usted ante el Gobierno, estaba allí de pie, con una sonrisa de sátiro. Y ella preguntó delante de él: «¿Le ha leído el señor Wilkes su *Ensayo sobre la mujer*?» A lo que yo le dije: «Se reserva sus obras más escandalosas para sus amigos los políticos. Yo no robo papeles privados de nadie, pero si me lo hubiera mostrado jamás le habría traicionado.» Cuando me marché, el sátiro estaba cabizbajo y se le había borrado la sonrisa de la cara.

WILKES. La obra a la que se refiere no es precisamente una de las que me llenen de orgullo. Pero le pido que comprenda que escribí ese *Ensayo sobre la mujer* antes de conocer lo grande que puede ser la mujer.

MARY. No hace falta ser muy grande para asestarle una pulla a esa señora engreída y envarada, pero lo cierto es que lo disfruté.

WILKES. El salón revolucionario se las ha visto con el salón respetable y lo ha vencido.

Mary (*más pensativa.*) Es raro, ahora que lo pienso, que quisiera yo hace tiempo tener mi propio salón. La verdad es que nunca pensé que pudiera ser tan revolucionario. Pero claro está que nuestras ideas cambian. Sin embargo, el otro día me produjo cierta sensación de extrañeza saber que el doctor Johnson ha vuelto a Londres y que ha hablado de mí.

Wilkes (*cortante.*) ¿Cómo? ¿El doctor Johnson?

Mary. Fue como encontrar una vieja muñeca de la infancia cubierta por el polvo. Es evidente que ahora no nos entendería, aunque le confieso que detesto imaginar a ese viejo tan gracioso y ofendido llevándose una decepción.

Wilkes. ¿El doctor Johnson ha preguntado por usted? Le confieso que esto no me gusta nada. Me parece que es peligroso.

Mary. ¿Qué es lo que teme?

Wilkes. Nada, señora. Espero no ser de los que alardean a menudo, pero si digo que es peligroso no quiero decir que tema nada en concreto.

Mary. Pero... ¿a qué peligro se refiere?

Wilkes. El peligro consiste en que cuando el doctor Johnson descubra que usted le ha pegado fuego al Támesis, es probable que se lleve un disgusto. Es un caballero chapado a la antigua. Es probable que el disgusto sea severo. En tal caso...

Mary. ¿Sí?

Wilkes. Los médicos dicen que los disgustos, los sobresaltos, a veces nos devuelven la memoria.

Mary. Ah, ahora lo entiendo. Quiere decir que irá por ahí hablando de nuestro encuentro en las Hébridas, cuando desembarcamos. Pero ya dijo usted que debía de estar en un error por ser tan corto de vista.

Wilkes. Al cuerno la cortedad de vista, y disculpe la sencillez con que le hablo. El doctor Johnson muy rara vez está en un error, a menos que quiera estarlo. La última vez que lo vimos su deseo sí era estar en un error, y ya nos dijo por qué. Dijo que mientras las virtudes domésticas estén a salvo no será él quien se entrometa en cosas de política. Lo más probable es que dé a todo el escándalo el tratamiento de una calumnia, aunque si realmente llega a encontrarse con usted no sería de extrañar que explotase. Por lo tanto, es preciso que no se encuentre con usted. De eso habré de ocuparme yo. Por fortuna, pedí a su amigo, el señor Burke, que se reuniera aquí conmigo para tratar un asunto de política. Y creo que Burke podrá ayudarnos. De todos modos, no creo yo que el doctor Johnson vaya armado, si bien tendrá que pasar por encima de mi cadáver para llegar a estar en presencia de usted.

Mary. En tal caso, ¿el peligro es real?

Wilkes. ¡El peligro! ¿Qué es el peligro? ¡Vamos! *(Saca un gorro rojo de la faltriquera y lo esgrime como un estandarte.)* Usted es la diosa de la libertad, y es usted quien debería llevar el gorro frigio. Ésa será nuestra respuesta a todos los argumentos que hablen del peligro. *(Avanza hacia las puertas plegadizas y las abre de golpe.)* ¡Abrid las puertas del palacio y que nos anuncien los lacayos! ¡Wilkes y la Libertad!

Entran en la sala, donde los recibe una clamorosa ovación. Se cierran las puertas tras ellos y casi en ese instante entra

Burke *con sombrero y capa. Mira en derredor como si esperase a alguien; se acerca a las puertas plegadizas. Duda. Vuelve a sentarse en uno de los bancos.*

Entra Wilkes *con un gorro rojo.* Burke *no lo ve en un primer momento, y permanece pensativo.*

Wilkes. ¿Qué, señor Burke? ¿Soñando con la Constitución británica? Sospecho que la Constitución debe de asediarle incluso en sueños.

Burke. Pues no, señor. Podría soñar con cosas peores. Ya decía mi niñera que algo se puede aprender de los sueños.

Wilkes. Sería una niñera irlandesa, por descontado, y veía cosas que no existen. ¿Me permite que le revele un secreto? La Constitución británica no existe. Hace falta un irlandés que la sueñe.

Burke. Ya soñó usted bastante con la Constitución, señor Wilkes, cuando se empeñaba en poner el mundo patas arriba con tal de entrar en la Cámara de los Comunes. ¿Le parece un sueño la Cámara de los Comunes?

Wilkes. Me parece una pesadilla. Tratar de entrar en ella es entretenido, y si a uno se le impide la entrada con indignación es un deleite. Pero de ahí a estar en ella... ¡Dios nos libre! ¿Sabe usted, señor Burke, por qué los ingleses siempre me han dado su respaldo?

Burke. Si quiere que le sea sincero, más de una vez me lo he preguntado.

Wilkes. Es porque me han descubierto. Al pueblo inglés lo gobiernan hombres a los que nadie ha descubierto.

Pero el pueblo sabe en el fondo de su corazón lo que tengo yo claro en la cabeza: que sus gobernantes son unos tunantes, además de ser hipócritas. Por lo menos, el pueblo es demasiado generoso para incurrir en una última cobardía, y no castigará a otro tunante por no ser además hipócrita. En política nunca se puede tener certeza de la virtud ajena, pero en cambio tienen certeza de cuáles son mis vicios. Soy como un libro abierto. Mientras puedan insultar a un perro, no lo ahorcarán.

Burke. Su concepción de la política es, en efecto, de pesadilla.

Wilkes. Lo sería si no hubiese despertado hace ya mucho tiempo. Pero de veras creo, señor Burke, que cuando ve usted Westminster ve a los nobles que desafían a John y ve a los pares del reino que ponen a prueba a Strafford. Yo en cambio veo a un hatajo de roñosos y avaros grasientos, tan dignos como si estuvieran en una jaula de monos. Sobornos, estipendios, salarios; escándalos como la Burbuja de los Mares del Sur. Ésas son las realidades por y para las que viven los parlamentarios.

Burke. Si mueren, es sólo por los sueños.

Wilkes. ¿Y qué sabiduría hay en eso?

Burke. La hay, se lo aseguro. Y mucha. Si los Estados han subsistido, si han sobrevivido a la revuelta y a la ruina, ha sido gracias a la desatinada sabiduría de esa magnánima necedad. Me habla usted de la práctica y de la experiencia; yo le aseguro que no podría usted alquilar un coche, ni gozar de credibilidad por su atuendo, si no se extendiera por toda la sociedad este ambiente de autoridad, esta grandiosa ilusión de sublimidad cívica, el brillo de un pasado encomiable. Los hombres pueden obedecer por igual a lo monárquico o a lo republicano, a lo que es o no es despótico, a lo que es o no es democrático. Pero créame si le digo que los hombres nunca obedecerán lo que no sea digno, lo que no crea firmemente en su propia dignidad. Por esta razón, toda autoridad desde el comienzo se ha investido con ropajes suntuosos, con tocados bien visibles, y ha ostentado extraños emblemas en la mano y extraños símbolos sobre la cabeza.

Wilkes. Eso es cierto. Y yo ostento uno ahora mismo. ¿Qué le parece, señor Burke?

Burke. Pues la verdad es que no creo que me guste mucho. Nunca lo había visto.

Wilkes. Descuide, lo volverá a ver, aunque no por eso llegará a gustarle más. En fin, señor Burke: no debo hacerle perder el tiempo, siendo su tiempo tan valioso. Y no le he pedido que viniera para admirar mi gusto en materia de gorros. Soy muy consciente, señor, de que su admirable trabajo en pro de la libertad y la paz ha de llevarlo a establecer alianzas con muchos entusiastas, a los que usted mismo reconocería más bien a regañadientes. Uno de ellos, mi amigo el señor Swift, ha adoptado recientemente una serie de principios filosóficos que no cuento yo con que ni usted ni nadie de su círculo contemple si no es con horror. No obstante, sometería yo...

Entra Boswell *caminando con prisas y mirando alrededor despavorido.*

Boswell. ¿Está aquí el doctor Johnson?

Burke. ¡El doctor Johnson! No, naturalmente que no.

Boswell. Pues está en camino. Por lo que alcanzo a saber, viene hacia aquí. He tratado de disuadirlo, pero ha sido imposible.

Burke. ¿Y por qué iba a venir aquí?

Wilkes. No debería.

Boswell. No debe, es preciso que no venga.

Burke. ¿Y bien? ¿Por qué no debería venir?

Wilkes. Ya que el señor Boswell se ha quedado sin habla a causa del horror, trataré de explicar yo por qué debe y por qué no debe. Sobre el primer punto, resulta que está deseoso de cultivar su trato con mi amigo revolucionario, el señor Swift, y con la no menos revolucionaria señora Swift.

Boswell. Ha traído de Oxford un manuscrito que prometió mostrarle a la señora Swift.

Wilkes. Algo relacionado con un sermón, tengo entendido, sobre los deberes de la esposa.

Boswell. Y ahora que se ha hecho con el manuscrito me temo que a esa señora ya no le haga ninguna falta.

Wilkes. O tal vez le haga demasiada falta. Así es como él lo diría. Con franqueza, señor Burke, la situación resulta delicada, aunque tengo la certeza de que podrá usted ayudarnos, así sea por el bien del doctor.

Burke. ¿Por su bien? ¿En qué iba a afectarle?

Boswell. Le afectará más de lo que me gustaría suponer. Ha regresado a la ciudad sumido en la más completa inocencia por lo que se refiere a estos escándalos de las sociedades. Recuerda a esta dama en su condición de puritana de Nueva Inglaterra. No sabrá nada mientras no llegue aquí.

Wilkes. El doctor Johnson es un hombre ya viejo.

Burke. Sí, señor. Empiezo a entender lo que quiere decir. Y es terrible, sin duda. La noticia caerá sobre él con la violencia de un rayo. ¿Y qué he de hacer yo si se produce la colisión entre él y estos espíritus levantiscos? ¿Y si sólo puedo acompañarle y apiadarme de mi viejo amigo?

Boswell. Si se produce la colisión, yo más bien me apiadaría de ellos. Pero será a pesar de los pesares temible. Más temible de lo que cabría suponer.

Burke. Explíquese.

Boswell. Señor Burke: sé que ustedes y otros caballeros literatos a veces se ríen de mí, mientras yo me atrevo a pensar que el mundo dirá que algo sabía yo sobre usted. Al menos creo que el mundo y la posteridad dirán de mí una cosa: que conozco al doctor Johnson. El doctor Johnson tiene un gran aprecio por esta señora joven. En casos como éste recuerda que él no ha tenido hijos. Hay otras cosas que usted desconoce sobre las posibilidades que se abren aquí, mientras yo sólo puedo expresar una conjetura con temor. Usted nunca ha visto al doctor Johnson realmente enojado.

Burke. ¡Por los…! Yo hubiera dicho que todos hemos tenido ese privilegio. Ya me ha honrado antes llamándome necio.

Boswell. No hablo del enojo que se ventila en una discusión. ¿Recuerda lo que dijo a una muchacha que se quejó de que él la había llamado gansa? «Si lo hubiera pensado, desde luego que no lo habría dicho.»

A usted lo llama necio porque sabe perfectamente que no lo es. A mí me dice que detesta a todos los escoceses porque yo sé muy bien que a mí no me detesta. Sólo en dos ocasiones, y fueron hace mucho tiempo, he visto a Johnson realmente enojado con algo que realmente aborrecía. Y le aseguro que recuerdo esos dos momentos ya lejanos como recuerda él la hora de su muerte y el Día del Juicio. Me quedo helado sólo de pensar en ellos.

WILKES. ¿Qué cree usted que sucederá?

BOSWELL. Me lo imagino muy bien. Sólo puedo asegurar que no cometerá homicidio, aunque si esa mujer muriese sentada en su silla no resultaría inverosímil.

WILKES. Lo único que puedo sugerir es que, si viene, lo retengamos conversando con él durante tanto tiempo como sea posible. Por lo general se pierde cuando se le plantea una discusión.

BURKE. Sí, pierde el sentido del tiempo, igual que yo. Desde luego, parece que haya algo en la naturaleza misma de toda polémica sobre una verdad abstracta que…

WILKES. Me ha parecido oír pasos.

BOSWELL. A mí también. Y son pasos que conozco.

BURKE. Me siento como si estuviese viendo una nube de tormenta desplazarse despacio por el paisaje.

Entra el DOCTOR JOHNSON.

BURKE. Caramba, doctor. Si es usted. Me alegro, porque deseaba hacerle una consulta.

JOHNSON. Tengo entendido que aquí se encuentran el señor y la señora Swift.

Burke. El asunto que deseo consultarle tiene que ver con un joven amigo mío que es de su misma inclinación política y religiosa. Se le ha ofrecido la oportunidad de entrar en el Parlamento, y siendo yo miembro del partido de la oposición no me atrevo a darle un consejo del todo imparcial y ecuánime. Es un joven de considerable sensibilidad, y teme que la vida política le sea dolorosa. Teme que todo sean contrariedades si las cosas se tuercen.

Johnson. Eso es palabrería vana e hipócrita, señor. Las contrariedades no serán distintas en el Parlamento que en la galería. Los asuntos públicos no contrarían a nadie.

Boswell. ¿No se ha llevado usted alguna que otra contrariedad, señor? ¿No le ha contrariado e incluso apesadumbrado toda la turbulencia de este reinado, así como aquella absurda votación contra el rey en la Cámara de los Comunes?

Johnson. Nunca he dormido por ello una hora menos, ni he comido una onza menos de carne. Yo habría apaleado a los perros facciosos, desde luego, pero le aseguro que no sentí contrariedad ni pesadumbre.

Wilkes. Seguro que no apalearía usted al señor Burke, si bien soy yo algo más aprensivo, aun cuando los asuntos públicos no supongan contrariedad. Yo habría dicho que los asuntos públicos son para cualquier patriota el semillero más razonable de la contrariedad y la pesadumbre. ¿Qué debiera preocupar a un buen inglés, salvo los asuntos públicos?

Johnson. Señor, ahora me interesan los asuntos particulares, que son los únicos que en verdad importan.

Wilkes. ¿Ha olvidado usted su concepto del patriotismo?

Johnson. Señor, tras la experiencia de estos años, me he formado un concepto muy claro del patriotismo. En general lo he encontrado destacado siempre en primer plano por alguien que necesita esconderse al fondo. Es mucho el patriotismo que he visto, y por lo general he descubierto que el patriotismo es el último refugio de un sinvergüenza. *(Pasa por delante de* Wilkes *camino de las puertas plegadizas del fondo, y se oye un murmullo que se eleva de volumen al otro lado.* Boswell *se interpone en su camino con gran agitación.)*

Boswell. Doctor Johnson... Discúlpeme... Una pregunta que a menudo he querido... A menudo me he preguntado, doctor Johnson, qué haría usted... qué haría si se viera encerrado a solas en un castillo con un niño recién nacido.

Johnson. Pues vaya, señor, no creo que disfrutara mucho de la compañía. *(Avanza hacia las puertas y entra.)*

El murmullo del interior cesa de golpe y se hace el silencio.

Boswell. No hemos podido hacer más.

Burke. La quietud que precede a la tormenta.

Wilkes. Caballeros, tienen ustedes razón. Aquí ya no se puede hacer más. Yo he de regresar a mi puesto. Mi consejo es que se marchen ustedes a sus casas.

Burke. Yo al menos saldré. No soporto este silencio.

Burke *y* Boswell *se retiran, y* Wilkes *se acerca a las puertas, pega el oído y entra. Al cabo de un silencio, se abren las puertas de golpe y aparece* Mary *con aire de impaciencia encendida, desafiante, seguida por el* doctor Johnson.

Mary. ¿Y qué sentido tiene que desee usted hablar conmigo a solas? ¿Qué sentido tiene que desee hablar conmigo? Si mi vieja niñera de Nueva Inglaterra regresara convertida en fantasma y me dijera que cuide de mis muñecas y que me cambie el delantal, imagino que me alegraría de verla, pero ¿cree usted que haría caso a lo que me dijera? Soy una mujer adulta; tengo ideas nuevas, ideas que usted jamás entendería; usted cree que existe una especie de llama sobrenatural en el hogar o en el altar, supongo, que arderá para siempre. Pero ¿de qué sirve que dé usted un tinte más triste a las cosas si viene aquí a maldecirme con su campanilla, con su libro y con su vela? ¿Qué sentido tiene que me hable con voz atronadora desde un trono, como el papa de Roma, sin saber siquiera que soy protestante? ¿Por qué se va a tomar usted la molestia de excomulgarme de una Iglesia a la que no pertenezco, y de mandarme a un infierno en el que no creo?

Johnson. No, señora. Sólo he venido a presentarle mis respetos. *(Tras una pausa.)* O más bien, con el deseo de presentarle algo que tal vez no siempre es lo mismo: mi respeto.

Mary. ¿Su respeto?

Johnson. Naturalmente, señora. Sólo entre los espíritus más abyectos destruye la compasión el respeto, y éstos son casos muy penosos, en los que el respeto seguirá siendo la mayor de las pasiones. De haber visto yo a una de las vírgenes y mártires de la Iglesia antigua, una de las que sufrieron tormentos por la fe, sin duda me atribularía, pero por encima de toda tribulación prevalecería la debida reverencia. Esa misma reverencia es la que por fuerza he de sentir ante sus penas, su valor, su constancia.

Mary. ¿Esto es lo que ustedes, los hombres de letras, llaman ironía?

Johnson. No, señora. No estoy siendo irónico. No es mi intención pensar siquiera que la acción que usted ha emprendido sea teóricamente correcta, pero es que un hombre puede admirar algo aun cuando no apruebe lo que ve. Si no una mártir cristiana, al menos es el caso de una heroína pagana. Cuando la esposa de Bruto tragó el fuego para morir con su esposo, para un cristiano se trata formalmente de suicidio, pero para un hombre sin duda es un acto sublime. Discúlpeme si mi admiración por su fidelidad de esposa me lleva a elogiarla más como a Portia que como a Perpetua.

Mary. ¿Mi fidelidad de esposa?

Johnson. Y sería incongruente por mi parte condenar la trágica devoción de usted, ya que si bien es errónea es en cierto modo idéntica al consejo que yo le di.

Mary. ¿El consejo que usted me dio?

Johnson. Cuando nos conocimos en las Hébridas y usted me ofreció una taza de té...

Mary *(sonriendo.)* Me parece recordar, doctor Johnson, que fueron unas cuantas.

Johnson. Señora, es posible que tomase dos. En aquella ocasión le dije que hacía usted bien en ir de la mano de su esposo, tanto si iba él a un baile de máscaras disfrazado de mono como si terminase en una casa de orates diciendo que era el emperador de la China. En aquella misma ocasión le dije que algún día volvería para pagarle con creces aquella taza de té, y aquí me tiene. Ha sido un largo viaje y me ha llevado por extraños lugares, pero por fin la he encontrado, mi paciente Griselda.

MARY. Nadie me había hasta ahora dicho que sea yo paciente.

JOHNSON. En tal caso, nadie le ha hecho justicia. Su esposo ha hecho todo lo que yo dije, e incluso más. La ha llevado a usted al baile de máscaras, la ha llevado a la casa de orates. Tal como le dije, se ha adornado usted el cabello con unas briznas de paja, y al menos para mí se han convertido en corona de laurel.

MARY. Pero la locura es un asunto opinable. Y tenemos opiniones divergentes. Yo no creo que mi esposo sea un orate.

JOHNSON. Señora, usted le sigue la corriente como se hace con los locos, y en eso hace bien. Es usted leal con él, y en eso hace bien. Me está mintiendo, y también en eso hace bien.

MARY. No, no.

JOHNSON *(acalorándose.) Splendide mendax et in omne virgo nobilis aevum*.

MARY. Señor, si me maldice en latín le aseguro que no me ha de molestar.

JOHNSON. Es un placer traducirle la maldición. Dice así: «Espléndida mentirosa y noble mujer, digna de ser honrada por toda la eternidad.»

Mary. Entonces, ¿no cree usted mi palabra?

Johnson. No, señora. No la creo.

Mary *(tras una pausa.)* ¿Usted ha tenido esposa, doctor Johnson?

Johnson. Sí, señora. Sé lo que es tener y perder a una esposa.

Mary. Ya me lo parecía. Y me atrevería a decir que es mucho lo que su esposa tuvo que aguantar.

Johnson *(un tanto sorprendido.)* Pues sí, me temo que es muy posible que así fuera.

Mary. Dese cuenta de que siempre hay algo que aguantar. Nosotras comenzamos a vivir esperándonoslo, y a veces creo que los hombres nunca lo hacen así. Sus opiniones pueden ser muy justas, pero estoy segura de que me perdonará si le digo que lleva usted la corbata hecha una pena. Llevo deseando enderezársela desde hace diez minutos; no quiero ni pensar cómo será el tener que sentarse frente a usted durante diez años seguidos... (*Entra* Swift *abriendo las puertas plegadizas y se detiene sorprendido.*) Así que tanto si se trata de opiniones como si se trata de corbatas, siempre hay algo que aguantar. John gasta unas corbatas mejor enderezadas, aun cuando sus opiniones sean más retorcidas...

Swift. ¿Qué significa todo esto?

Mary. El doctor Johnson me está diciendo que sufro en secreto.

Swift. Y tú lo has negado, claro está.

Mary. Sí, lo he negado, claro está.

Swift. Creo que el doctor Johnson, con los debidos respetos, no comprende. Y creo que no es posible esperar que comprenda. Mary y yo somos excelentes amigos, y tanto más por haber acordado cultivar nuestros gustos sociales en plena libertad. Precisamente por ser de la misma opinión nos podemos permitir el hecho de tener gustos distintos. Somos excelentes amigos, y en la medida en que haya separación es separación de mutuo acuerdo.

JOHNSON. Señor, tal cosa no existe. Ni existe ni ha existido ni existirá jamás eso que llama usted separación de mutuo acuerdo. Yo ya soy viejo, y algo he conocido de las dificultades conyugales de muchas parejas. Las he visto separadas por toda clase de motivos; las he visto separadas por los celos, por la ligereza, por la lujuria; por la pobreza y por la riqueza, por el pecado y por la pretensión de superioridad moral. Pero nunca he visto a una pareja separada de mutuo acuerdo. Siempre hay uno que se divorcia y otro que soporta el divorcio. Siempre hay uno que triunfa y otro que padece. Me preguntaba usted si creo en el fuego sobrenatural del hogar, en la llama que arderá por siempre. Permítame hacerle, a cambio, una pregunta. ¿Ha visto usted alguna vez dos fuegos naturales que se extingan exactamente en el mismo instante?

SWIFT *(frunce el ceño.)* Reconozco que es una sabia observación.

JOHNSON *(con energía.)* Y ahora, señor, permítame hablar de su nueva moralidad filosófica en lo que se puede comparar con la antigua. En un caso como éste siempre habrá un cónyuge fiel y otro infiel. Sin embargo, su nueva moralidad comporta que sea siempre el fiel quien ha de sufrir, y que sea el fiel quien de veras sufre. Su nueva moralidad comporta que el infiel siempre sea feliz, e incluso que a él, o a ella, les baste con ser infieles para ser felices. Permítanme conservar mis prejuicios a favor de una filosofía más primitiva. Aún no estoy convertido a un credo que sistemáticamente recompense a las personas por faltar a su palabra y que las castigue por cumplirla.

SWIFT. ¿Y cómo podemos demostrar la existencia de esas personas fieles que son las castigadas?

JOHNSON. No tendrá que ir muy lejos para encontrar alguna.

SWIFT *(repentinamente agitado, como si acabara de ver la luz.)* Mary, es verdad. Tú me has engañado, me has hecho mal, poniéndote una máscara como si estuvieras en un carnaval. ¿Cómo has podido...?

JOHNSON. No, señor. Si usted goza de libertad para ser un mal esposo, ella goza de libertad para ser una buena esposa.

SWIFT *(a MARY.)* ¿Vas a contestar a mi pregunta?

MARY. No. Me marcho.

JOHNSON *(avanza hacia las puertas.)* ¿Se va usted por aquí?

MARY. No, por el camino opuesto. Me marcho a casa.

SWIFT. ¿Se puede saber por qué te marchas a casa ahora?

MARY. Porque nunca he creído que tenga ningún sentido escuchar una discusión cuando ya sé cómo va a terminar. *(Sale por el frente.)*

SWIFT *(con repentina fiereza.)* ¿Qué es lo que ha hecho usted con mi esposa?

JOHNSON. Señor mío, me había parecido entender que esa bárbara propiedad privada quedaba abolida. Me pareció entender que todos estamos por fin libres de esas formas anticuadas. A buen seguro, tengo el mismo derecho de hablar con ella que pueda tener Jack Wilkes.

Swift. No sabía yo que modelara usted su conducta de acuerdo con Jack Wilkes.

Johnson. Y tengo el deseo, señor, de que modelase usted la suya de acuerdo con él.

Swift. ¿Qué pretende decir?

Johnson. Jack Wilkes es mejor hombre que usted. Desatiende a su esposa, abandona a su esposa, la deja en su casa, en su lecho de muerte, mientras echa a correr tras las mujeres de otros hombres. Pero Jack es honesto, y hay en él una suerte de magnanimidad. No vuelve a plantarse junto a su lecho de muerte, a decirle que se levante y que baile, para así mostrarle cuánto le alegra que la haya abandonado. No le arrebata incluso su deseo a estar enojada, para lo cual la tendría que empapelar de las falsas filosofías que ella no puede contestar ni entender. No la fuerza a fingir que está de acuerdo con él, a fingir que aspira a emularle en todo, para que él se sienta más cómodo en su propia infamia. Vamos, señor. Empleo palabras ásperas, pero es porque creo que su entendimiento está naturalmente abierto a la verdad. Mire la verdad, mírela de cara. ¿No se apoya usted en todo momento en el magnánimo silencio de su esposa, tal como se apoyan todos los tiranos en el mezquino y apocado silencio del esclavo?

Swift. Pero ella no guarda silencio. Una y otra vez, siempre que se lo he preguntado, se ha mostrado plenamente de acuerdo con las opiniones que yo sostengo. Las acepta y las reconoce como si fueran suyas. En este asunto no sólo desprecia usted mis opiniones. También pisotea de mala manera las de mi esposa.

JOHNSON. Señor, su esposa carece de opiniones. Tiene una inteligencia tan bien preparada como usted, y en ella ni hay ni ha habido nunca una sola opinión. Los hombres como usted y como yo, que nos relacionamos con libros y panfletos, nos dejamos llevar por la moda de imaginar que la opinión es preocupación primordial de la humanidad entera. Pero si me permite sugerirle una acción un tanto extraña para un republicano, le sugiero que vaya a mezclarse con el pueblo llano. Hable con los hombres, y sobre todo con las mujeres, que tienen entre manos el verdadero funcionamiento del mundo. Hable con la muchacha que le atiende a usted en la cocina. Hable con la anciana que vende manzanas en la calle. Le sorprenderá descubrir qué gran proporción de sus semejantes vive y muere y trabaja sin tomarse nunca la molestia de tener una buena opinión, razón de más, señor, por la cual necesitan buenas costumbres, una sólida religión. A su esposa le iría mejor que a nosotros si tuviera una tienda o una granja. Lejos estoy de tener la certeza de que no le fuese bien si fuese capitana de un barco o de un clan de las Tierras Altas. Soy sin embargo hombre bastante leído, con experiencia en las polémicas, y la verdad es que no debe pedirme que ponga yo un precio que sería ínfimo a las opiniones que ella sostenga. Nunca han sido nada más que las opiniones que tiene usted.

Y con eso, por más que lo intente, no le basta para recomendármelas.

SWIFT. ¿Qué he de hacer si usted me dice todo esto de acuerdo con su autoridad y mi propia esposa me dice todo lo contrario?

JOHNSON. Caramba, señor. Emplee su sentido común. ¿Llevaba ella un gorro rojo como una cacatúa cuando la conoció en un pueblo de Nueva Inglaterra? ¿Elogió ella encendidamente a Jack Wilkes cuando nos ofreció un té en las Hébridas? ¿Ha inventado un solo sofisma por su cuenta y riesgo? Es usted, con sus preciosas opiniones, quien ha desviado la brújula del norte del puritanismo al sur del despilfarro. ¿No es acaso extraño que las opiniones de ella, libres e independientes, siempre hayan cambiado al mismo tiempo que las de usted?

SWIFT. Según se desprende de cuanto dice, he malgastado mi vida a raíz de un sofisma.

JOHNSON. Mi joven amigo, usted apenas ha tenido aún vida que malgastar. Son muchas las cosas que todavía podrían suceder, y espero que sucedan de un modo más racional. *(Tras una pausa.)* El bueno de Boswell me acaba de preguntar qué haría yo si me viera a solas con un recién nacido. No creo que estuviera yo a la altura de la ocasión.

SWIFT. Lo entiendo.

JOHNSON *(baja la voz.)* Para su esposa, un recién nacido nunca sería lo mismo que una opinión. Para ella, usted no es lo mismo que una opinión. Ella está hecha de esa pasta que siempre ha sido y por siempre será núcleo y norma del género humano, y que comprende sus deberes antes de haberlos definido.

Swift. El señor Wilkes dijo que debe producirse una revolución tanto en la familia como en el Estado.

Johnson. La familia es una realidad, y las realidades duran mucho más que las revoluciones. Le diré cómo es la realidad con toda la rudeza que precise. Cuando uno se queda a solas con su recién nacido, no tendrá el deseo, como no lo tendrá nadie, de que se rían de él, de que comprueben si bizquea.

Swift. ¡Dios del Cielo!

Johnson. No, sé que no es el caso. Conozco cómo son sus filosofías y sus desmanes mujeriegos, puramente platónicos. Sé que a su esposa no le importa nada Wilkes, y dudo que a usted de veras le importe esa marisabidilla francesa que tanto le adula a usted. Tanto más necios han sido al vender su honor sin obtener el precio del placer que el demonio iba a entregarles.

Swift. Dice usted que la dama francesa me adula, y es posible que así sea. Pero hoy me ha hecho un cumplido que tengo en gran estima. Dijo que sé aceptar la verdad nada más verla, venga de donde venga, y por más que me sea contraria. Le voy a demostrar que es merecido. *(Tras una pausa.)* Ahora sé que todas mis labores aquí se han echado a perder; mejor dicho, sé que no he hecho nada, salvo despilfarrar mis días con buenas compañías, con buenas palabras. Soy inútil, o acaso es que me han utilizado aquéllos a quienes nada importo. ¿Qué haré ahora?

Johnson *(saca un papel del bolsillo.)* ¿Ahora? Márchese a América. Alístese en el bando de los engañados si así ha de ser, pero alístese y luche. Será usted un buen soldado. Desde luego, ha sido un pésimo espía. Éste es un salvoconducto del rey, que he recibido de uno de los amigos del propio rey, en Westminster. Le valdrá para salir del país. Llévese a su esposa, márchese, pero hágalo deprisa, pues son muchos los que querrán complicar cualquier favor que haya prestado el rey. No será preciso preguntar ahora quién tiene la culpa de que el poder de la corona no sea ahora muy seguro.

SWIFT *(toma el papel con vacilación.)* Es usted muy generoso. Ojalá pudiera hacer lo que me dice. Pero ahora soy agregado formal de la embajada de Francia.

JOHNSON. La embajada de Francia también va a marcharse. Francia ha tomado la decisión de respaldar la causa de las colonias, y ha declarado la guerra a Inglaterra.

SWIFT *(comienza a hablar con el ímpetu de antaño.)* ¡Dios del amor! ¡Se ha declarado la guerra! ¡Entonces la revolución se ha salvado! Al fin y a la postre, la revolución triunfará, y todos habremos de ver cómo se van las tiranías al infierno. ¡La guerra! ¿Qué importo yo ahora, qué importa cualquiera? ¿Qué más dará si he ayudado o si he estorbado? Ha nacido la República.

JOHNSON *(sonriente.)* No, señor. No me va arrastrar a una discusión.

SWIFT. Ahora entiendo que un hombre nunca sabe que está en lo cierto mientras no sepa que se ha equivocado. Aunque vea con toda claridad mis labores arruinadas, veo un futuro lleno de repúblicas y parlamentos libres, y veo a los pueblos de la Tierra avanzar hacia la democracia. Sí, ahora sé que el mundo romperá las cadenas de antaño. Lo sé con total firmeza, con la misma con que sé que soy un necio. Y sé que los tiempos futuros habrán de preguntarse cómo es que un hombre como Samuel Johnson dio su respaldo a un hombre como Jorge III, y cómo dio en desacreditar a un hombre como George Washington.

Johnson. Señor, le aseguro que no voy a discutir con usted si se ha convertido en profeta.

Swift. Soy un profeta. Usted es más sabio que yo, pero es un sabio, no un profeta. Los profetas y los poetas entenderán lo que yo entiendo y sabrán lo que sé, y muchos serán hombres tan débiles y tan insensatos como yo, si bien lo sabrán. Cantarán a la República antes que nazca, y la verán cuando aún sea invisible. Todos los simples saben en lo más profundo que los hombres deberían ser libres e iguales entre sí; todas las dudas de todos los sabios desaparecerán ante esa simplicidad. Y los hombres que vuelvan la vista atrás, que contemplen el panorama de nuestro tiempo, lo verán a usted como se ve una ruina sublime o un obstáculo solitario. Lo verán como se ve una gran estatua, pues nada podrá rebajar su grandeza. Verán en usted una figura poderosa, monumental, pero oscura, oscura ante el claror del alba.

Johnson. Señor, ya le he dicho que no pienso discutir. Le digo que de un tiempo a esta parte tengo los asuntos particulares de las personas muy por encima de los públicos asuntos de la política. No vine sino a poner fin a una diferencia particular, y gracias al

Cielo esa diferencia ha desaparecido. Por lo demás, es verdad que estoy hecho en un molde antiguo; gran parte de cuanto amo ha sido destruido, o ha tenido que exiliarse, y es posible que el futuro de la humanidad a ustedes les pertenezca. Sólo le diré una cosa. Supongamos que han depuesto ustedes a todos los tiranos y que han creado sus repúblicas; supongamos que dentro de cien años la Tierra esté llena de parlamentos libres y de ciudadanos libres. A menudo me ha recordado usted que los reyes no son más que hombres. Supongamos que han descubierto ustedes, para entonces, que los ciudadanos no son más que hombres. Supongamos que quienes esgrimen el poder son malos hombres. Supongamos que sus parlamentos sean tan impopulares como las monarquías. Supongamos que sus políticos sean más odiados que los reyes. Supongamos que retorna entonces la guerra, ese antiquísimo enemigo de la humanidad, y que despedaza el mundo y deja enigmas que tendrá que desentrañar una raza diezmada de demagogos y de charlatanes. Si en ese día lejano se siente usted decepcionado y amargado, le pido una cosa. No se vuelva ese día contra el pueblo para maldecirlo, porque en sus caprichos de ustedes, en sus necedades, han querido pedirle más de lo que pueden dar los hombres. No sea como el pobre Gulliver de su gran homónimo, Jonathan Swift, que vio con claridad a dónde iba el mundo encaminado, y se volvió a los hombres y los llamó Yahoos. Cuando sus parlamentos se vuelvan corruptos y sus guerras sean más crueles, no sueñe con que puede generar un

Houyhnhnm como se cría un purasangre, ni concite tampoco monstruos venidos de la luna, ni clame en su locura por algo que está más allá de donde alcanza la estatura del hombre. ¿Tendrá en ese día de absoluta desilusión la fuerza necesaria para decir que éstos no son Yahoos, que son hombres, que son aquellos por quienes su Creador Omnipotente no desdeñó siquiera la muerte?

El reloj da la una. Johnson *señala la puerta con el dedo.* Swift, *tras un momento de vacilación, sale.* Johnson *se sienta ante una de las mesas y apoya la cabeza en la mano. Entran el* capitán Draper, *el* teniente Crockford *y dos granaderos.*

Draper. ¡Doctor Johnson! ¡Jamás hubiera soñado que iba a encontrarle a usted aquí! Hemos venido a proceder al arresto de los Swift. Son espías de los rebeldes.
Johnson. Pues no los van a encontrar. Se han marchado a su casa.

Mientras habla, Crockford *ha entrado en la sala del fondo y vuelve ahora con una expresión de incredulidad.*

Draper. ¿A su casa? ¿Quiere decir que se han marchado al lugar donde se alojan?
Johnson. Se han marchado a su casa, a su país, provistos de un salvoconducto de su majestad.
Draper *(tras unos instantes de silencio.)* ¿Me da usted su palabra de que poseen un salvoconducto?
Johnson. Le doy mi palabra.

Draper. Justo es decirle que es usted el único hombre cuya palabra acepto como tal. Crockford, hemos llegado tarde.

Crockford. Sí. Ordenaré marchar a mis hombres.

Salen. Johnson *clava ambos codos en la mesa, y se cubre la cara con las manos. Permanece como si rezara. Entra* Boswell *casi de puntillas y se sienta sin hacer ruido en el banco más cercano.*

Boswell *(en voz baja.)* Me temo que ésta haya sido una hora terrible para usted, doctor Johnson.

Johnson *(levanta los ojos y habla con potencia.)* Ha sido la hora más feliz de mi vida, a lo largo de la cual he conocido no pocas horas terribles.

Boswell. Vaya, señor. Qué interesante. Nunca he aspirado a disimular, ni menos a ocultar a su perspicacia, que ocasionalmente he tomado nota de nuestras conversaciones, y que tal vez un día haga el intento de obsequiar al mundo con el resultado de esas notas. Y la hora más feliz en la vida del doctor Johnson... ése es un incidente que todo lector de seguro buscará con ahínco en mi libro.

Johnson. Este incidente no se ha de encontrar en las páginas de su libro.